HARZER HEXENCLIQUE

die hexisch-freche Buchreihe für Mädchen

Laura Bormann

Eifersucht und Hexentanz

Roman

Impressum

Bibliografische Information der Deutschen
Nationalbibliothek:
Die Deutsche Nationalbibliothek verzeichnet diese
Publikation in der Deutschen Nationalbibliografie;
detaillierte bibliografische Daten sind im Internet über
http://dnb.dnb.de abrufbar.

© 2024 Laura Bormann

Verlag: BoD · Books on Demand GmbH,
Überseering 33, 22297 Hamburg, bod@bod.de
Druck: Libri Plureos GmbH,
Friedensallee 273, 22763 Hamburg

ISBN: 978-3-7597-3340-5

Für C. und die 4 P´s

KAPITEL EINS

„Sind die Schokohexen vegan?"
Eine Frau tippte mich an der Schulter. Ich drehte mich erschrocken um und riss das Dutzend Schokoladenfiguren vom Regalbrett, welches ich gerade mühselig dort aufgetürmt hatte. Mist.

„Ich denke nicht", antwortete ich brav und verwies auf die Zutatenliste unserer Produkte.

„Kann ich Ihnen vielleicht weiterhelfen?", mischte sich meine Mutter ein und zeigte streng auf den zweiten Karton, den ich auch noch ausräumen sollte. Ich seufzte. Als Tochter einer „Harzer Spezialitäten"-Ladenbetreiberin mitten im Herzen von Wernigerode hatte man es nicht immer leicht.

Gedankenverloren wühlte ich in den quietschbunten Gruselartikeln, die meine Mutter zur Halloween Zeit gerne anbot. Der Harzbezug erschloss sich mir zwar nicht so ganz, aber die Touristen liebten es.

Nachdem ich Marzipankürbisse, Plastikspinnen und die typischen Hexenfiguren in die Regale sortiert hatte, fand ich tatsächlich noch eine vegane Schokovariante.

„Das hier ist vegan", sagte ich und hielt der Kundin die Verpackung vor die Nase.

„Oh, nein danke", erwiderte sie und verzog das Gesicht.

„Ist das etwa ein blutendes Gehirn aus weißer Schokolade?", hörte ich eine herannahende Stimme sagen.

Unsere Türglocke ertönte und mit schnellen Schritten liefen meine besten Freundinnen Toni und Bianca auf mich zu.

„Und das ist sogar vegan!", grinste ich.

Nachdem ich die vegane Kundin zum Leidwesen meiner Mutter erfolgreich vertrieben hatte, waren Bianca und Toni die einzigen Besucherinnen unseres Ladens. Das störte sie jedoch nicht im Geringsten.

„Vielleicht können wir hier schon fündig werden", murmelte unsere Lieblingshexe Bianca und fasste sich an ihren Hals. Sie trug eine Kette, dessen Anhänger eine vergoldete Hexe auf einem Besen darstellte. Immer, wenn sie von etwas berührt oder aufgeregt war, griff sie den Anhänger und spielte damit. Das war ihr Markenzeichen.

„Was sucht sie denn? Neue Zutaten für Zaubertränke?", wollte ich wissen und hoffte, dass Toni eine Antwort hatte. Biancas Hang zu esoterischen Experimenten war mittlerweile fast jedem bekannt. Toni zuckte nur mit den Schultern. „Ihr Kulturbanausen! Habt ihr die Flyer nicht gesehen?" Bianca schaute uns an.

„Na den hier!", ergänzte sie und drückte mir einen leicht zerknitterten, bunten Zettel in die Hand.

„Halloween-Party im Jugendtreff, Einlass nur mit Kostüm", las ich vor.

„Was ist das denn für eine Party?", wollte meine Mutter wissen. Die Info von der Party in ihrer Anwesenheit preiszugeben, war nicht besonders klug.

„Nur eine kleine. Es wird ein bisschen Musik und ein Mitbring-Büfett geben. Ganz entspannt", erwiderte Bianca und lächelte engelsgleich. Erwachsene um den Finger zu wickeln, war ihre Spezialität.

Mit einer eindeutigen Kopfbewegung forderte ich Bianca und Toni dazu auf, das Gespräch in meinem Zimmer fortzuführen. Praktischerweise wohnte ich mit meiner Mutter direkt über dem Laden. Wir gingen die steile Treppe nach oben und direkt in mein Zimmer.

„Vorhin hast du noch gesagt, die Party wird riesig", zweifelte Toni und schmiss sich auf mein Bett.

„Offiziell nicht, damit wir hindürfen", erklärte unsere Lieblingshexe und setzte sich dazu.

„Ich mag den Jugendtreff nicht wirklich", murmelte ich und kramte eine halb leere Tüte Nachos aus meinem Geheimversteck.

„Ich auch nicht", gab Toni zu und schnappte sich die Nachos.

„Müsst ihr ja nicht. Die Party wird trotzdem riesig. Stellt euch mal vor, es wird einen Kostümwettbewerb geben! Und das beste Pärchen gewinnt! Der Preis ist ein goldener Kürbis", schwärmte Bianca.

„Das heißt, Luis und ich können zusammen den goldenen Kürbis gewinnen?"

Jetzt wurde es interessant für mich.

„Seid ihr eigentlich offiziell zusammen?", wollte Toni wissen. Ich hatte Luis, den Jungen mit den edelsteingrünen Augen, vor einem halben Jahr im Laden meiner Mutter kennengelernt. Seitdem durchlebten wir eine anfangs schleppende und später sehr aufregende Datingzeit, die letztlich zu einem Kuss auf dem Brocken geführt hatte. Aber ob wir jetzt offiziell zusammen waren? Ich wusste es nicht. Bisher trafen wir uns regelmäßig und tauschten ab und zu ein paar zärtliche Küsse. Und innige Umarmungen.

„Erde an Jules, bist du noch anwesend?"

Bianca boxte mich in die Schulter. Ich zuckte zusammen.

„Ich weiß nicht, ob wir zusammen sind", gab ich zu.

„Dann ist die Party eine super Gelegenheit, das endlich rauszufinden", grinste Bianca verschmitzt.

Während ich abends die Nachokrümel von meinem Bett sammelte, dachte ich über Halloween und Luis nach.

Ob er Lust und Zeit hatte, mitzukommen? Vielleicht fand er Kostüme kindisch. Vermutlich würde er seine Mond-Augenbraue hochziehen, wenn er mich in einer lächerlichen Verkleidung sehen würde.

Zugegeben, meine letzte Halloweenverkleidung lag einige Jahre zurück und hatte nicht wirklich cool ausgesehen.

Ich war als „Space-Spinne" gegangen, und die Fühler aus Pappe, umwickelt mit Alu-Folie, hingen traurig herunter, bevor die Party überhaupt losging. Peinlich!

Gedankenverloren suchte ich nach Outfitinspirationen und Dekoideen auf meinem Smartphone. Es gab einige schöne Kostüme, die sowohl gruselig als auch schick aussahen. Allerdings hatten die einen stattlichen Preis.

Das konnte ich mir mit meinem beschaulichen Taschengeld beim besten Willen nicht leisten.

„Magst du eigentlich Halloween?", tippte ich Luis eine Nachricht.

„Nicht so sehr. Ich muss keine gruseligen Dekoartikel kaufen, um in Herbststimmung zu kommen. Da mache ich lieber einen gemütlichen Filmabend mit einer Tasse Tee, oder so", war seine Antwort.

„Dann magst du Kostüme auch nicht?", wollte ich wissen.

„Wieso fragst du?"

„Nur so", log ich.

„Filmabende mag ich auch", schickte ich hinterher.

„Dann lass uns morgen einen machen", schrieb er.

Ich grinste.

Am nächsten Tag in der Schule war die Halloweenparty das Dauerthema. Die meisten aus meiner Klasse wollten ebenfalls hingehen und prahlten mit ihren Kostümideen.

„Habt ihr schon ein Kostüm?", fragte ich Toni und Bianca in der Pause.

„Nö", meinte Toni und holte ein großes, belegtes Brötchen mit Käse aus ihrem Rucksack. Wir saßen mal wieder im Pausenraum, da es draußen Bindfäden regnete.

„Ich habe gestern Abend noch ein Moodboard erstellt", mischte Bianca sich ein. Sie holte ihr goldenes Tablet aus der Schultasche und entsperrte es. Ihr Vater hatte ihr dieses teure Gerät eigentlich als Vorbereitung für ein Studium geschenkt, aber sie nutzte es seitdem nur für digitalisierte Hexrezepte und Onlineshopping.

„Ein Moodboard?", wiederholte Toni sie schelmisch.

„Ja. Ich habe verschiedene Kostümkonzepte gezeichnet und gleichzeitig Links für die Kleidung und Accessoires eingefügt, die man dafür kaufen muss."

Gebannt schauten wir auf Biancas Kreation und scrollten uns durch die bunten Seiten.

„Es ist ein ungeschriebenes Gesetz, dass ein Mädchen an Halloween entweder super hot oder super nach Schrott aussehen kann", referierte unsere Lieblingshexe geschwollen. Toni und ich kicherten.

„Ich habe natürlich nur super hotte Kostüme erfunden."

„Mist. Ich wäre so gerne als runder Kürbis gegangen", lachte Toni und blähte ihren Bauch auf.

„Und ich wollte als veganes, blutendes Gehirn gehen", kicherte ich.

„Ich erinnere mich noch an dein Space-Spinnen Kostüm." Toni schaute mich grinsend an und formte mit ihren Händen Fühler um sich herum. Ich schlug sie in ihren immer noch aufgeblähten Bauch.

„Noch lacht ihr. Aber denkt an den Wettbewerb. Mit einem Durchschnittskostüm kommt ihr nicht weit." Wir nickten und wurden wieder todernst. Da hatte sie wohl recht.

In der nächsten Stunde, es stand Geschichte auf dem Plan, tauschten wir heimlich das Tablet unter dem Tisch hin und her.

„Ich finde das Teufelskostüm total süß", flüsterte ich.

„Ja, und hot! Ich glaube, ich werde als elegante Hexe gehen", flüsterte Bianca zurück.

„Wenn die Damen ihr Privatgespräch bitte wiederholen würden, damit die Allgemeinheit etwas davon hat?" Erschrocken schauten wir hoch. Direkt vor unserem Tisch stand Herr Fuchs, unser Geschichtslehrer. Herr Fuchs hatte dem Hasen schon viele Nächte gute Nacht gesagt, so alt war er. Da ihm seine Pension langweilig geworden war, gab er wieder einige Stunden Geschichte an unserer Schule. Zu unser aller Leidwesen, denn genauso trocken wie seine fahle Haut war auch der Unterricht. Oder lag es daran, dass ich mich allgemein nicht für Geschichte interessierte?

Bianca und ich schwiegen.

„Wir machen erst mit dem Unterricht weiter, wenn die Damen reden", sagte er streng.

Ich schluckte. In der Klasse herrschte eine merkwürdige Stille. Irgendwie bedrückend.

„Es ging um ein Hexenkostüm für Halloween", brach Toni das Schweigen. Wir schauten sie böse an. Die Klasse lachte.

„Geschichtlich betrachtet ist es ein Privileg, heute so frei über Hexen zu sprechen oder sich sogar als eine zu verkleiden", erzählte Herr Fuchs.

„Wenn früher auch nur die leiseste Vermutung aufkam, dass eine Frau mit hexischen Kräften zu Gange war, dann fiel sie nicht selten der Hexenverbrennung zum Opfer."

Ich zuckte zusammen. Bianca fasste sich schützend an ihre Hexenkette. Herr Fuchs trat wieder nach vorne zur Tafel und fuhr mit dem Unterricht fort.

Sicherheitshalber ließen wir für den Rest der Stunde das Tablet wieder in Biancas Tasche verschwinden. Das hielt sie allerdings nicht davon ab, statt Geschichtszahlen Kostümzeichnungen in ihren Hefter zu klieren.

Es klingelte.

Die Stunde war vorbei.

„Wenn die Hexendamen bitte noch zu mir kommen mögen", hörten wir den Lehrer sagen. Toni ergriff die Flucht, wurde dann aber von ihm zurückgerufen. Sie hatte gedacht, nur Bianca und ich waren gemeint.

„Sie haben die Wahl. Entweder ich behalte das Tablet bis zur nächsten Woche ein, oder Sie halten zur Wiedergutmachung einen Vortrag", erklärte Herr Fuchs unsere Strafe. Bianca schaute uns flehend an.

„Ich kann das Tablet nicht abgeben. Ich brauche es dringend. Ich kann nicht ohne, das wäre eine Katastrophe, da sind alle meine Rezepte drauf", murmelte sie.

Toni und ich tauschten Blicke aus.

Neben den normalen Hausaufgaben und Klausurvorbereitungen blieb ohnehin nicht viel Zeit. Wie sollten wir da einen Vortrag halten? Toni schüttelte den Kopf. Ich zuckte mit den Schultern. Bianca nutzte ihre kräftigste Waffe und setzte ihren Hundewelpenblick auf.

„Ich habe wichtige Lernzettel auf meinem Tablet, die brauche ich zur Klausurvorbereitung", flehte sie Herrn Fuchs an.

„Dann nehmen die Damen den Vortrag? Wunderbar", sagte er stolz.

Ich stöhnte. Das konnte ja heiter werden.

„Was ist denn das Thema?", fragte Toni vorsichtig. Hoffentlich nichts Schweres oder Zeitaufwändiges, dachte ich inständig.

„Hexenverbrennung", antwortete der Lehrer.

Nach einem kurzen, aber heftigen Streit darüber, dass Bianca das Tablet ja zurückbekommen hätte, wir ihr die Lernzettel hätten ausdrucken können, und dass ich ja eigentlich gar nicht während des

Unterrichts die Kostüme angucken wollte, trugen wir es mit Fassung und liefen mürrisch nach Hause.

„Eigentlich ist das Thema ja sehr spannend", meinte Bianca und spannte ihren Regenschirm auf. Es schüttete immer noch wie aus Eimern und die schon kühle Herbstluft kroch einen buchstäblich an.

„Dass du das spannend findest, glaube ich dir sofort", sagte Toni und blickte auf ihren Schirm, der mit lauter kleinen Hexen bedruckt war. Den hatte sie im Laden meiner Mutter gekauft. Bianca war mit Abstand die beste Kundin von uns, so viel war sicher.

„Wir müssen nur schauen, dass wir alles zeitlich unter einen Hut bekommen. Wann wollen wir schließlich die Kostüme kaufen?", gab ich zu Bedenken.

„Heute Abend?", schlug Toni vor. Ich schüttelte den Kopf. Es war Freitagabend und ich hatte mich gestern mit Luis zu einem Date verabredet. Es war das erste Mal, dass ich zu ihm nach Hause gehen würde. Wie aufregend!

„Ich bin mit Luis verabredet", warf ich ein.

„Oha, schon wieder ein Date?", zog Toni mich auf.

„Geht ihr zu ihm oder zu dir?", flachste sie.

„Ich gehe zu ihm nach Hause." Bianca grinste verschmitzt.

„Unsere Liebeszauber wirken immer noch, ich sag's euch."

Am Abend machte ich mich mit dem Fahrrad auf dem Weg zu Luis. Er wohnt im Hotel Hexenblick, das seinem Vater gehörte. Mit dem Fahrrad war es recht gut zu erreichen. Mitten auf dem Weg begann es erneut zu regnen, sodass ich wie ein begossener Pudel am Hotel ankam.

Mist.

Meine Mascara war zerlaufen und meine Haare begannen, sich leicht zu wellen.

In der Spiegelung des Türglases versuchte ich noch, die schlimmsten Schäden zu richten. Mit einem großen Stoß ging die Tür auf und Gäste kamen heraus. Ziemlich unsicher schritt ich in die große Eingangshalle des Hotels.

Der gesamte Boden war mit einem roten Samtteppich ausgelegt, die Wände waren mit Marmor und goldenem Stuck verziert und an der Decke hing ein beeindruckender Kronleuchter. So richtig bewusst wurde mir erst in der Halle, dass ich keine Ahnung hatte, wo Luis eigentlich wohnte.

Ob er Dauergast in einem Hotelzimmer war? Vielleicht war er in der Luxussuite aufgewachsen, in einem goldenen Kinderbett.

„Haben Sie ein Zimmer reserviert?", fragte mich eine gutaussehende Dame vom Tresen.

Sie trug eine weiße Bluse und auf ihrem goldenen Namensschild war: „Rosenberg" zu lesen. Sie schien nicht viel älter als ich zu sein.

„Ähm nein ich wollte zu ähm Luis", stammelte ich nervös. Sie grinste. Ein paar Zimmermädchen, die etwas abseitsstanden, tuschelten.

„Er wohnt im Dachgeschoss. Einfach nach links in den Flur, und dann bis ganz nach oben", erklärte sie. Dann musterte sie mich von oben bis unten.

„Kannst du dir das nächste Mal bitte die Schuhe sauber machen, du ruinierst den ganzen Teppich. Also, falls es ein nächstes Mal gibt. Einen schönen Aufenthalt noch", sagte sie forsch spitz. Ich schaute an mir herunter. Meine Schuhe hatten tatsächlich feuchten Dreck von draußen mitgebracht. Hinter mir zog sich sogar eine richtige Dreckspur. Nervös kramte ich ein Taschentuch aus der Hose und wischte mir schnell die Schuhsohlen ab.

„Können Sie ähm das vielleicht für mich ähm entsorgen?", murmelte ich.

Statt einer Antwort zeigte sie nur mit dem Finger in Richtung Treppenhaus. Etwas eingeschüchtert lief ich zum Flur, in der Hoffnung, auf dem Weg zu Luis noch einen Mülleimer zu finden. Ein bisschen verwirrt stieg ich die Treppen hinauf. Warum war diese Rosenberg so böse gewesen? Und warum hatte sie mich erst gesiezt und dann geduzt? Und was meinte sie mit, „falls es ein nächstes Mal gibt"?

Keuchend, außer Atem, mit nassen Haaren, verschmiertem Mascara und einem braun-verdreckten Taschentuch in der Hand klingelte ich an einem kleinen, goldenen Schild, auf dem einfach nur „Luis" stand.

Er öffnete sofort.

„Es ist nicht das, wonach es aussieht, hast du einen Mülleimer?", begrüßte ich ihn hektisch.

Er grinste.

„Ist das das neue guten Tag?", witzelte er.

„Komm rein", fügte er hinzu und zeigte mir seinen Mülleimer.

Luis bewohnte eine klitzekleine Wohnung im Dachgeschoss des Hotels, die aus nur einem Raum bestand. Direkt neben der Eingangstür befand sich ein kleines Bad, und im Wohnraum stand sein Bett direkt vor einem Dachfenster.

Der Ausblick auf die hügelige Landschaft von Wernigerode war wunderschön. Das Hotel lag an sich schon höher als die Einkaufsstraße, in der ich wohnte, und durch die Dachgeschosslage hatte Luis einen wirklich weiten Blick. In der anderen Ecke des Raumes befand sich eine kleine Couch samt Fernseher, eine mini Kochzeile und ein Schreibtisch.

An den Wänden hingen Bücherregale, die mit allerlei Schinken über Jura, Geschichte, Fotografie und Science- Fiction vollgestopft waren.

„Herzlich willkommen in meiner Luxussuite", sagte er und gab mir einen Kuss auf die Wange.

„Ein bisschen nass", lachte er.

„Ich wusste nicht, dass du eine eigene Wohnung hast", meinte ich anerkennend.

„Naja, mein Vater war genervt von meiner lauten Musik und hat mich ausquartiert. Das war eigentlich die Wohnung des Hausmeisters, leider ist der vor kurzem verstorben. Das Hauspersonal denkt, dass sein Geist immer noch herumspukt, aber das stört mich nicht, wir kommen gut miteinander aus"

Na toll. Die Info führte nicht dazu, dass ich mich wohler fühlte.

„So wie du aussiehst, bist du dem Geist schon begegnet?", lachte er und strich durch meine nassen Haare. Meine Haut kribbelte. Es fühlte sich wunderschön und gleichzeitig wie kleine Stromschläge an.

„Es hat geregnet. Und die Frau vom Empfang war total gemein und hat gesagt, ich mache nur Dreck, weil meine Schuhe von dem Wetter draußen Spuren hinterlassen haben und sowas", erzählte ich.

„Welche Dame vom Empfang? Doch nicht etwa Rosi?"

Rosi?

War er etwa mit der befreundet?

„Die hieß Rosenberg", erinnerte ich mich.

„Ach, das hast du falsch verstanden. Rosi ist total lieb, die ist niemals böse", schwärmte er.

„Seit sie da ist, läuft der Empfang reibungslos. Sie ist ein richtiges Organisationstalent. Ich arbeite gerne mit ihr zusammen."

Das wurde ja immer schöner. Er arbeitete gerne mit ihr zusammen?

Luis hatte sein Abitur schon fertig gemacht und jobbte bis zum Beginn seines Studiums im Hotel. Dass er eine so gutaussehende und gleichaltrige Kollegin hatte, mit der er sich auch noch blendend verstand, war ein ziemlicher Schock für mich.

„Und die Feierabende verbringt ihr auch zusammen?"

„Bist du eifersüchtig?"

„So ein Quatsch."

„Du bist eifersüchtig!"

„Kein Stück."

„Es ist nicht schlimm, dass du den Teppich dreckig gemacht hast. Das machen fast alle Gäste."

„Ich bin kein Gast, oder?"

„Nein, du bist besser."

„Ja, viel besser, ich habe dir nämlich was mitgebracht", meinte ich und kramte ein kleines Paket aus meiner Tasche.

„Ist das ein blutendes Gehirn aus Schokolade?"

„Ja, aber das ist vegan. Und verkauft sich in unserem Laden nicht", erklärte ich. Luis zog seine Mond-Augenbraue hoch. Ich musste lachen. Das war so typisch für ihn. Er öffnete die Verpackung und brach ein Stück Gehirn ab.

„Ein besonders schmackhaftes Gehirn", witzelte er und bot mir ebenfalls einen Brocken an. Gedankenverloren ließ ich die Schokolade in meinem Mund zergehen.

„Warum nennst du sie Rosi?"

„Du bist eifersüchtig!", grinste er und stupste mich an der Schulter. Ich schubste zurück und es begann eine Rangelei, die mit einem zärtlichen Kuss auf dem Sofa endete.

Die Regenwolken hatten sich verzogen und wir konnten Arm in Arm gekuschelt auf einen wunderschön herbstlichen Sternenhimmel schauen, ehe ich nach Hause musste.

„Bianca, Toni und ich gehen nächsten Samstag auf die Halloween Party im Jugendzentrum. Möchtest du mit mir zusammen hingehen? Ist aber mit Kostüm", sagte ich zum Abschied.

„Nächsten Samstag?"

Luis schaute auf einen bunten Dienstplan, der an seinem Kleiderschrank neben der Eingangstür hing.

„Da habe ich Spätschicht, tut mir leid."

Ein flüchtiger Blick auf dem Plan verriet, dass in seiner Schicht auch eine gewisse R. Rosenberg eingeteilt war. Er hatte also Spätschicht mit Rosi. Passend zu meiner Stimmung fing es auf dem Nachhauseweg wieder zu regnen an.

KAPITEL ZWEI

„Nur weil er sie nett findet, heißt das noch lange nicht, dass da was läuft", meinte Bianca und schmierte sich eine dicke Butterflocke auf ihr Croissant. Wir hatten uns in einem kleinen Café getroffen, um zu brunchen. Natürlich hatte ich den beiden ausführlich von Rosi Rosenberg erzählt.

„Zweimal Kakao, einen Kräutertee und nochmal frische Croissants", sagte die Kellnerin und tischte alles vor uns auf. Wir saßen schon seit einer Weile in der gemütlichsten Ecke des Cafés. Ich hatte noch keinen Bissen herunterbekommen, da mir die Sorge um eine gewisse R. Rosenberg gehörig auf den Magen schlug.

„Sie war total fies. Und er macht lieber eine Nachtschicht mit ihr, als mit mir zur Halloween-Party zu gehen! Überlegt doch, Nachtschicht!

Nachts! Mit ihr alleine!", beklagte ich mich und stieß dabei fast die Kakaobecher um.

„Beruhige dich. Er hat sich die Schicht ganz bestimmt nicht selbst eingetragen. Eine Nachtschicht, und dann auch noch am Samstag, macht keiner freiwillig", versuchte Toni mich zu beruhigen.

„Frag ihn doch einfach, ob da was läuft", ergänzte sie und schnappte sich ein Croissant.

„Auf gar keinen Fall frage ich ihn. Am Ende denkt er noch, ich wäre eifersüchtig oder sowas. Was ich definitiv nicht bin", erklärte ich.

„Definitiv nicht", sagten Bianca und Toni gleichzeitig und fielen in schallendes Lachen.

„Wir haben nicht ewig lange Zeit, hier herumzusitzen", murmelte ich beleidigt.

„Mein Vater sagt immer, erst die Arbeit, dann das Vergnügen. Ich sage immer, erst das große Vergnügen, dann die kleine Arbeit", lachte Bianca und schnappte sich das letzte Croissant.

Mit teilweise vollen Bäuchen (ich hatte ja dank Rosi nicht viel herunterbekommen), liefen wir zur Stadtbibliothek. Hier wollten wir die Recherche für unseren Strafvortrag anstellen.

„Wonach suchen wir denn? H wie Hexen, oder eher V wie Verbrennung? Oder F wie Feuer? Oder G wie Geschichte?", überlegte Toni und versuchte, das System der Bibliothek zu verstehen.

„Guck lieber bei H wie nach Hause gehen", grinste Bianca und gähnte. Die Dynamik dieser Gruppenarbeit begann schonmal auf höchstem Niveau, dachte ich.

„Könnt ihr euch bitte nicht so verhalten, als wärt ihr noch nie hier gewesen?", flehte ich die beiden an.

„Aber wir waren noch nie hier", flüsterte Toni. Dann zog sie ein Buch aus dem Regal, nickte anerkennend und stellte es wieder zurück.

„Reicht das?" Ich rollte mit den Augen. Mit genervtem Blick lief ich zu den kleinen Computern, auf denen man Zugriff zum Bibliothekskatalog hatte. Ein paar Sekunden später spuckte mir der PC eine umfassende Liste von Büchern aus, die alle irgendwas mit dem Thema Hexenverbrennung zu tun hatten.

„Wie sie das macht, das ist wirklich eine Begabung", spottete Bianca.

„Ihr macht ja gar nichts!", zischte ich und schrieb die laufenden Nummern der Bücher auf, die ich gleich aus den Regalen fischen wollte.

„Geht ihr bitte zu 3C-FAH367?", wies ich die beiden an.

„Jetzt befiehlt sie auch noch", zischte Bianca.

„Wohin?" Toni schaute mich fragend an. Mit ein paar kurzen Worten erklärte ich ihnen, wie sie das richtige Regal finden konnten. Eigentlich hatte die Bibliothek ein kinderleichtes System, man musste es nur einmal verstanden haben.

Toni und Bianca liefen schnurstracks zum richtigen Regal und kamen mit einem beachtlichen Bücherstapel wieder zurück.

„Ich fühle mich, als hätte ich eine neue Superkraft bekommen, ich kann jetzt genau vorhersagen, wo jedes Buch in dieser Bibliothek steht, wie ein Detektiv", lachte Toni.

„Und ich fühle mich, als hätte ich einen neuen Zauberspruch gelernt, die Bücher fliegen fast schon auf mich zu", ergänzte Bianca.

„Ich bin so stolz auf euch. Lesen müssen wir die Bücher allerdings ohne Zauberkräfte", sagte ich trocken.

Wir suchten uns einen freien Tisch am Fenster und schlugen die dicken Schinken auf.

„Können wir nicht einfach Hexenverbrennung googlen? Oder ChatGPT fragen?", jammerte Toni und holte ihr Smartphone aus der Hosentasche.

„Der Fuchs merkt das sofort! Er hat es ausdrücklich verboten!", meinte ich.

„Der Fuchs hat nicht mal einen Computer, geschweige denn Internet. Der merkt das niemals", gab Bianca zu Bedenken und holte ihr Tablet aus der Tasche.

„Nein! Ich habe keine Lust, wegen deinem Tablet nochmal Ärger zu bekommen", sagte ich wütend.

„Wir schaffen es wohl, ein paar Bücher zu lesen", ergänzte ich.

„So langweilig sind die Bücher gar nicht. Hier stehen sogar die Namen der Hexen, die verbrannt wurden", berichtete Toni und blätterte in einem alt aussehenden Buch, das ziemlich staubte. Ich hustete. Die Seiten fielen fast auseinander, und die Schrift war nur schwer zu lesen. Bianca riss es ihr aus den Händen.

„Oha", machte sie nur und blätterte begeistert durch die Seiten.

„Siehst du, dein Tablet kann das nicht", murmelte ich nur.

„Seit wann ist sie so strebsam?", wunderte Toni sich über mich.

„Wirf ihr das vors Maul", flüsterte Bianca und holte einen Schokoriegel aus ihrer Tasche.

„Was soll ich damit?", fragte ich genervt.

„Deinen Hangry-Zustand bekämpfen.

Du hättest frühstücken sollen", erklärte Bianca.
Nachdem ich ordentlich Zucker getankt hatte, verbesserte sich meine Laune zunehmend.

Wir entschieden uns, nicht den ganzen Samstag mit Schulsachen zu vergeuden und teilten die ausgeliehenen Bücher unter uns auf.

Bianca bestand darauf, den alten Schinken mit der Liste der Hexen zu sich zu nehmen. Ihre Faszination für das Thema war trotz ihrer Faulheit nicht zu übersehen.

„Nach all dem Stress habe ich mir eine ausgiebige Shoppingtour verdient", meinte Bianca und schaute uns fragend an.

„Kommt ihr mit? Es ist höchste Zeit, unsere Kostüme zu planen. Vielleicht finden wir schon was Passendes."

Meine Lust, noch auf die Halloweenparty zu gehen, war durch Luis' Absage nicht besonders groß. Bianca und Toni ließen mich allerdings nicht gehen und zerrten mich in ein Geschäft nach dem nächsten.

Tatsächlich gab es in den Läden diverse Kostüme und gruselige Dekoartikel.

Die meisten Verkleidungen waren jedoch für Kinder gedacht und uns viel zu klein.

„Wäre das nicht was für dich?" Toni holte ein mit Glitzersteinen verziertes Prinzessinnenkleid von einem Ständer.

„Das sieht ja toll aus!", kommentierte Bianca und hielt es vor mein Gesicht.

„Das Rosa passt zu deinem Teint", ergänzte sie.

„Ich wollte gar nicht als Prinzessin gehen", meinte ich nach einem Blick aufs Preisschild.

„Das ist überhaupt nicht gruselig."

„Es kommt darauf an, was wir daraus machen. Mit dem richtigen Makeup und Kunstblut wirst du die gruseligste Prinzessin aus Wernigerode!", schlug unsere Lieblingshexe vor.

„Aber auch die ärmste", murmelte ich und schaute in mein Portemonnaie.

„Die Kostüme sind wirklich ziemlich teuer. Und dafür, dass man sie nur einen Tag trägt, so viel Geld ausgeben? Ich weiß nicht", meinte Toni.

„Wenn wir den Preis für das beste Kostüm gewinnen wollen, müssen wir auch investieren!", protestierte Bianca.

„Lass uns doch erstmal schauen, ob wir aus unseren alten Sachen etwas machen können. Do it yourself und so?", schlug ich vor.

„Oh ja, lasst uns einen Bastelnachmittag machen!", sagte Bianca begeistert und Toni rollte mit den Augen.

„Eigentlich wollte ich ausreiten", murmelte sie.

Wir einigten uns darauf, den Bastelnachmittag auf nächste Woche zu verschieben. Zum einen, weil wir noch ein paar Bastelutensilien kaufen mussten, und zum anderen, weil jede von uns noch Zeit für den Vortrag brauchte.

Zuhause kuschelte ich mich in meine liebste Kuscheldecke und schnappte mir widerwillig das Buch über Hexenverbrennung. Gedankenverloren überflog ich einige Seiten und betrachtete die grausamen Zeichnungen. Ich zuckte ein bisschen zusammen, als mein Handy piepte. Es war Luis. Er hatte sich seit dem Abend bei ihm nicht mehr gemeldet.

„Na, was machst du so?", las ich.

„Ich lese etwas über Hexenverbrennung, für unseren Strafvortrag", tippte ich und schickte noch einen Smiley mit rollenden Augen hinterher.

Was er wohl gerade machte?

Vielleicht war Rosi bei ihm?

„Das Thema finde ich sehr spannend. Vor allem, wenn man bedenkt, wie schrecklich es sein kann, nicht in einer Demokratie zu leben. Zum Glück kann man heute nicht mehr als Hexe verurteilt und verbrannt werden, weil man zum Beispiel Liebeszaubermuffins backt."

Oh wow. Die Anspielung auf das Picknick, zu dem ich die mit Bianca und Toni kreierten verzauberten Muffins mitgebracht hatte, war ziemlich gemein.

Bei diesem besagten Picknick hatte ich nämlich versucht, Luis den ersten Kuss zu geben, und er hatte ihn nicht erwidert.

„Fies", schrieb ich daher nur.

„Sorry, der Witz musste sein. Mein Tag war unglaublich anstrengend", antwortete er.

„Stress im Hotel?"

„Nur das Übliche. Übervolle Koffer schleppen und mir dabei anhören, ich sei nicht schnell genug gewesen. Und Rosi hatte ein Streitgespräch mit einem Gast, weil es keine glutenfreien Croissants zum Frühstück gab."

Beim Lesen seiner Nachricht erstarrte ich. Meine Augen fokussierten sich auf die vier teuflischen Buchstaben, die auf meinem Handy standen.

R-O-S-I.

Er hatte schon wieder Rosi erwähnt. Wütend haute ich auf die Tasten meines Handys.

„Dann hast du ihr sicher wunderbar geholfen, der lieben Rosi!"

„Ja, wieso?", antwortete er.

Noch wütender schmiss ich mein Handy auf mein Bett. Merkte er eigentlich noch irgendwas? Nach einigen Minuten Funkstille erreichte mich eine weitere Nachricht von Luis.

„Bist du sauer oder sowas?" Ich kniff die Augen zusammen.

„Ich habe keine Zeit, ich muss mich voll und ganz auf den Vortrag konzentrieren", log ich.

Am nächsten Tag in der Hofpause diskutierten wir Luis' Verhalten.

„Wenn diese Rosi ein Junge wäre, hättest du gar kein Problem damit", gab Toni zu Bedenken.

„Ist sie aber nicht!", jammerte ich.

„Wenn sie wenigstens nicht so gut aussehen würde. Sie ist schlank, hat perfekte Haut, nicht einen Pickel hatte sie! Und ihre Haare sind so schwarz wie bei Aschenputtel."

„Wenn ihr richtig zusammen wärt, wäre es was anderes. Vielleicht datet Luis ja noch andere, um sich auszutesten", meinte Bianca und holte ihre Tarot Karten aus der Hosentasche. Wir hatten uns auf eine freie Bank im Schulgarten gesetzt und genossen die letzten Sonnenstrahlen des Herbstes. Die Blätter der großen Bäume um uns herum waren wunderbar goldgelb, hellrot und bräunlich gefärbt und raschelten im Herbstwind. Die Luft war kühl, aber noch mild genug um in dicken Jacken draußen zu sitzen. Ich wiederholte Biancas Worte in meinen Gedanken und schaute sie empört an.

„Um sich auszutesten?", sagte ich erschrocken.

„Naja. Er sieht ja nicht schlecht aus und hat sicher viel Auswahl", begründete Bianca ihre Annahme.

„Ihr habt sie doch nicht alle. Wenn Luis ein Aufschneider ist, dann bin ich der Kaiser von China", meinte Toni und biss herzhaft in ihren Pausenapfel.

„Die einzige Lösung für dieses Problem ist eine ordentliche Liebeslegung!" Bianca zückte ihre Tarotkarten und durchmischte sie.

„Ich dachte, mit Luis reden wäre die Lösung gewesen, aber stattdessen die zufällig gezogenen Karten zu deuten, ist viel besser, habt ihr Recht", murmelte Toni genervt.

Sie war weiterhin nicht wirklich von Biancas Hexenkünsten überzeugt, auch wenn diese schonmal das Pony Stiefel gerettet hatten.

„Falls du dich erinnerst, hat meine Vorhersage die Kolik von Stiefel rechtzeitig aus der Ferne erkannt", verteidigte unsere Lieblingshexe sich. Ich nickte überschwänglich und zog acht Karten.

Ein paar bunte Karten aus einem Stapel zu ziehen war deutlich angenehmer, als mit Luis über Rosi zu reden.

„Passt auf, dass eure Karten nicht wegfliegen", sagte Toni und sammelte die vom Wind auf den Boden gewehten Karten wieder ein. Bianca breitete meine gezogenen Karten auf der Bank aus.

„Wähle jetzt drei Karten aus, indem du an die Dinge denkst, die du dir von Luis wünscht", erklärte sie.

„Ich weiß immer noch nicht genau, was sie bedeuten", gab ich zu.

„Nicht so viel denken, lass dich von deiner Intuition leiten."

Toni kicherte.

Ich tat es und entschied mich für die Karten: Die Kraft, der Ausgleich und der Narr. Schließlich mochte ich Luis' Humor.

„Aus diesen Karten wählst du wieder drei aus, indem du an deine Gefühle denkst."

Ich zögerte. Meine Gefühle waren aktuell mehr als durcheinander. Zwar war ich immer noch unsterblich in Luis verliebt, allerdings überwog derzeit meine Angst, verletzt und enttäuscht zu werden.

„Sehr gut. Jetzt wählst du die letzte Karte, in dem du an deine Enttäuschung in dieser Liebe denkst." Wieder tat ich, was unsere Lieblingshexe mir sagte und entschied mich für die Karte: Der Teufel. Ich seufzte. Rosi war wirklich der Inbegriff des Teufels, dachte ich. Bianca grinste verschmitzt.

Vermutlich fand sie es amüsant, dass ich den Teufel gewählt hatte.

„Eine wunderbare Auswahl", sagte sie dann.

„Die Pause ist gleich vorbei", meinte Toni und warf die Reste ihres Apfels in den Papierkorb.

„Magie kennt keine Zeit", lachte Bianca und begann mit ihrer Auswertung.

„Die Karten sagen ganz deutlich, dass du dich nicht von deiner Angst leiten lassen solltest. Die Schwierigkeiten, die du heute hast, werden sich nach und nach auflösen, wenn du daran arbeitest. Die Karten erwähnen viel Potential und zahlreiche Gelegenheiten. Allerdings…", erklärte Bianca.

Die Pausenglocke klingelte.

Wir standen von unserer Bank auf und liefen Richtung Schulgebäude.

„Allerdings was?", sagte ich laut. Der Flur in der Schule war überfüllt mit Dutzenden Schülern, die in die Klassenräume stürmten.

„Die Karten zeigen eine starke weibliche Energie auf, die deine Liebe beeinflusst."

Ich riss die Augen auf.

„Rosi!", sagte ich empört.

„Oder jede andere weibliche Energie? Die Venus?" Toni rollte mit den Augen.

„Ob sich die besagte weibliche Energie auf eine direkte Person bezieht, oder auf was anderes, kann ich nicht sagen. Ich kann nur sagen, dass es diesen Einfluss geben wird. Basta", meinte Bianca und wir setzten uns auf unsere Plätze im Klassenraum.

Was sollte ich mit dieser Legung anfangen?

Es war später Nachmittag, als ich alleine in der Stadt unterwegs war.

Eigentlich war ich mit Bianca verabredet gewesen, um noch ein paar Bastelutensilien für unsere Kostüme zu kaufen. Sie hatte jedoch im letzten Moment abgesagt, da sie dringend etwas Wichtiges in Sachen „Hexe" recherchieren musste. Was das bedeutete, wusste ich nicht. Statt ihrer Anwesenheit hatte ich von ihr eine lange Einkaufsliste bekommen und stöberte durch den Bastelladen.

Nacheinander packte ich verschiedene Stoffe, sternenförmige Knöpfe und Glitzer in meinen Korb.

„Filz in Halloween-Farben", las ich auf Biancas Liste. Was zum Teufel waren Halloweenfarben? Der Bastelladen führte tatsächlich eine beachtliche Farbauswahl an Filzstücken, die ungefähr die Größe eines Papierbogens hatten.

Ich konnte unmöglich alle Farben kaufen, das gab mein Budget beim besten Willen nicht her. Da ich keinen Ärger mit Bianca wollte, und die Zeit bis zur Party immer knapper wurde, rief ich sie kurzerhand an.

„Ich bin eigentlich sehr beschäftigt", meldete sie sich zu Wort.

„Ich weiß. Aber ich habe keine Ahnung, was Halloweenfarben sind", sagte ich.

„Naja, auf jeden Fall Schwarz. Dann ein grelles Orange, quasi die Farbe von Kürbissen. Lila, Pink, das würde ich auch nehmen. Vielleicht noch ein grelles Grün ", erklärte sie.

„Ein knalliges Rot, die Farbe des Teufels, wie konnte ich das vergessen", fügte sie hinzu.

Ich rollte mit den Augen.

„Erinnere mich bloß nicht wieder an die Karte des Teufels", jammerte ich.

„Vielleicht sollten wir nochmal eine Räucherung vornehmen, damit Luis wieder nur Augen für dich hat. Der Name dieser Rosi kommt mir auch komisch vor. Ich meine, R. Rosenberg. Der Buchstabe R muss irgendwas bedeuten."

Während wir noch telefonierten, sammelte ich bereits die von Bianca bestellten Farben in meinen Korb.

„Vielleicht interpretierst du zu viel hinein. Allerdings finde ich ihren Namen absolut lächerlich. Ich meine, Rosi Rosenberg. Ist sie ein Schlagerstar?", hetzte ich.

„Und dann diese übertrieben schwarzen Haare. Das ist sicher alles billig gefärbt", fügte ich hinzu. Mit dem vollen Korb in der Hand, drehte ich mich um und lief zur Kasse. Etwa zwei Meter von mir entfernt stand ein Mädchen, das mir sehr bekannt vorkam und mich wie ein Auto anschaute.

Es war Rosi. Rosi Rosenberg. Sie hatte jedes Wort gehört.

KAPITEL DREI

„Das war der peinlichste Moment meines Lebens", sagte ich am nächsten Abend zu Bianca und Toni.

Wir hatten uns bei Bianca getroffen, um endlich an unseren Kostümen zu basteln.

Unsere Lieblingshexe hatte ihre digital gezeichneten Entwürfe ausgedruckt und vor uns ausgebreitet.

„Bist du dir sicher, dass sie alles gehört hat?", wollte Toni wissen und blätterte in den Zeichnungen. Ich nickte.

„Lass sie doch. Du darfst dein Revier ruhig markieren", meinte Bianca und packte die Bastelmaterialien aus meinem Beutel aus.

Wir hatten uns auf den Boden vor Biancas Himmelbett gesetzt.

„Ein bisschen fies war das schon", murmelte Toni.

„Wenn sie das Luis erzählt, dann bin ich bei ihm unten durch, und er entscheidet sich erst recht für Rosi!", jammerte ich.

„So ein Quatsch. Du solltest endlich mit ihm reden!", schlug unsere Lieblingshexe vor.

In den letzten Tagen hatte ich mit Luis nur ein paar Textnachrichten über oberflächliche Dinge ausgetauscht. Ein nächstes Treffen hatten wir noch nicht geplant. Ob wir uns überhaupt noch einmal sehen würden?

„Ich habe mich entschieden, als Hexe zu gehen." Bianca schaute uns ehrfürchtig an.

„Alles andere würde sich nicht richtig anfühlen."

Das überraschte Toni und mich gar nicht.

„Ich weiß nicht, als was ich gehen möchte", murmelte ich traurig.

„Luis sieht es ja sowieso nicht."

„Hör auf Trübsal zu blasen. Du kannst dich doch genauso wie er etwas umsehen. Auf der Party sind bestimmt ein paar süße Jungs", sagte Bianca und begann, bunte Sterne aus dem Bastelfilz auszuschneiden.

Ich entschied mich, als gruselige Prinzessin zu gehen. Bianca durchwühlte ihren Kleiderschrank und lieh mir ein schwarzes Kleid mit Spitze. Aus einem alten Fliegengitter und einem Haarreifen bastelten wir einen Schleier, der richtig gruselig aussah.

„Den Rest machen wir mit Make-Up", meinte Bianca.

Sie hatte Dutzende pinke und lila Sterne auf einen schwarzen Blazer genäht, den sie von ihrem Vater eigentlich für offizielle Termine bekommen hatte.

Aber so war Bianca, ein künstlerischer Freigeist. Ich kicherte bei der Vorstellung, wie ihr Vater alias Outdoor-Wagner (der Besitzer des größten Outdoor-Ladens in Wernigerode), schauen würde, wenn Bianca bei einem Geschäftsessen im Sternenoutfit antanzte. Herrlich.

„Als was wirst du denn gehen?", fragte ich Toni.

Sie hatte sich bei unseren Basteleien noch überhaupt nicht beteiligt.

„Keine Ahnung, ich kümmere mich kurz vorher drum", murmelte sie genervt.

Ihr Blick fiel auf das dicke Buch über Hexenverbrennung, das aufgeschlagen auf Biancas Bett lag. Sie griff danach.

„Wage es ja nicht, das anzufassen!", zischte Bianca und schob Tonis Hand weg.

„Übst du schon ein authentisches Verhalten für die Party? Giftige Hexe?", meinte Toni halb witzig, halb erschrocken. Dass Bianca sich ab und zu wie eine Diva verhielt, war nicht ungewöhnlich.

Aber diese Reaktion war auch für ihre Maßstäbe übertrieben. Toni und ich schauten sie fragend an. Bianca legte Nadel und Faden aus der Hand und seufzte.

„Eigentlich wollte ich euch noch nichts davon erzählen, so lange es nicht sicher ist", begann sie. Gebannt hörten wir zu.

„In diesem Buch ist eine Liste von verbrannten Hexen aus Wernigerode."

„Eher von Frauen, die fälschlicherweise für Hexen gehalten wurden, nur weil sie etwas anders als die anderen Menschen waren", korrigierte Toni sie.

Im Gegensatz zu mir hatte sie sich schon mit dem Thema beschäftigt. Bianca beachtete ihre Aussage nicht.

„Jedenfalls wurden zwischen den Jahren 1521 und 1665 in Wernigerode 47 Todesurteile gegen Hexen ausgesprochen", setzte Bianca fort.

Ein kalter Schauer lief über meinen Rücken. Dass in unserer schönen Stadt so viele Menschen unschuldig ihr Leben lassen mussten, machte mich traurig.

„Ein Name der Liste kam mir bekannt vor. Zumindest hatte ich so ein komisches Gefühl." Beherzt griff sie sich an ihre Hexenkette.

„Was für ein Gefühl?", wollte ich wissen.

Es schauderte mich immer noch. Mittlerweile war es draußen stockdunkel geworden und nur ein paar Kerzen erhellten Biancas Zimmer. Der Wind peitschte gegen die alten Fenster des Fachwerkhauses.

„Ein tiefes Gefühl der Verbundenheit. Es hat mich wirklich all meine Überredungskünste gekostet, meinen Vater zu überzeugen. Zum Glück hat er nachgegeben und es beauftragt."

„Was denn beauftragt?", wollte ich wissen.

„Eine Stammbaumanalyse. Die verbrannte Hexe ist vielleicht meine Vorfahrin."

Einen Moment lang war es totenstill im Zimmer. Die Kerzen flackerten aufgeregt.

„Du stammst aus dem Harz? Ich dachte, du kommst aus Berlin?", fragte ich aufgeregt.

„Das dachte ich auch. Mein Vater hat allerdings entfernte Wurzeln aus dem Südharz. Leider dauert es noch, bis der Stammbaum fertig erstellt ist. Keine Ahnung, warum das so aufwendig ist."

„Stell dir mal vor, deine Urururururgroßmutter stammt von hier, und meine auch, dann waren sie vielleicht beste Freundinnen und hatten damals auch schon eine Hexenclique!", sagte ich begeistert.

„Historisch betrachtet wäre das zu der Zeit ziemlich dumm gewesen", murmelte Toni.

„Wenn das alles stimmt, dann bin ich eine echte Hexe. Es liegt mir im Blut. Ich wusste es schon immer", schwärmte Bianca.

„Sollen wir dich ab jetzt Bianca Blocksberg nennen?"

KAPITEL VIER

In den nächsten Tagen beschäftigten wir uns weiter mit dem Thema Hexenverbrennung. Bianca sprach von nichts anderem mehr, und Toni lieferte einen historischen Fakt nach dem nächsten.

Am späten Nachmittag fand ich mich in unserem Laden wieder.

Meine Mutter wollte unseren Wocheneinkauf erledigen und ich durfte währenddessen unser Geschäft hüten.

Ich war ausgiebig damit beschäftigt, unsere Halloweenabteilung wieder aufzufüllen.

Scheinbar liebten die Touristen unsere schaurigen Hexenfiguren, die Plastikgebisse und neonfarbenen Spinnennetze.

Nur die blutenden Gehirne aus weißer Schokolade waren ein Ladenhüter. Ich seufzte. Eigentlich würde ich jetzt viel lieber in meinem Bett unter meiner kuscheligen Decke liegen und einen Kräutertee trinken.

Dabei könnte ich mich wunderbar meinen Tagträumen hingeben, in denen eine gewisse Rosi niemals vorkam. Ich seufzte erneut.

Nachdem ich unser Inventar wieder aufgestockt hatte, setzte ich mich hinter die Kasse und holte mein Halloweenkostüm aus der Schublade.

Bianca hatte mir eine Tüte mit winzigen, blutroten Edelsteinen aus Plastik geschenkt, die ich auf den schwarzen Schleier kleben sollte. Ich schüttete die Steinchen auf dem Tresen aus und versuchte, die kleinen Dinger irgendwie auf den Schleier zu bekommen.

Der Kleber haftete mehr an meinen Fingern als am Stoff, und wenn er dann doch ein bisschen kleben blieb, hinterließ er hässliche Flecken. Mist. Dieses Verkleidungsding war einfach nicht meine Welt. Genervt beendete ich meine Bastelaktion und setzte den Schleier auf.

Ich sollte meinen perfekten Auftritt auf der Halloweenparty schonmal üben.

Schließlich wollte ich den goldenen Kürbis gewinnen!

Mit meinem Handy spielte ich gruselige Friedhofsmusik über die Lautsprecher des Ladens ab und schritt ehrfürchtig über unseren Teppich.

Es war wie immer kein Kunde im Laden und ich konnte mich frei entfalten. Nach einigen Minuten wurde mir die Musik zu gruselig.

Draußen war es stockdunkel, und auch heute peitschte der Wind gegen die Glasscheiben.

Ich entschied mich, den Hochzeitsmarsch aufzulegen, um meine Luis-Tagträume auf ein neues Level zu heben. Schließlich trug ich einen Schleier!

Rhythmisch bewegte ich mich zur Musik, und stellte mir unseren Hochzeitstanz vor. Ich war so sehr in meinen Träumen versunken, dass ich unsere Türglocke überhörte.

„Was machst du da?", weckte mich eine Stimme aus meiner Trance.

Ich öffnete die Augen und erschrak. Kurz dachte ich, ich träumte immer noch.

Es war Luis, der mitten im Laden stand und mich grinsend anschaute. Seine edelsteingrünen Augen funkelten und seine Mond-Augenbraue war wie so oft bis zum Anschlag zu oben gezogen.

„W-w-w-werbung", stotterte ich.

„Werbung?", wiederholte er.

„Werbung!", wiederholte ich.

„Werbung für neue Kunden?", fragte Luis.

„Werbung für neue Kunden", wiederholte ich erneut.

Mittlerweile hatte sich mein Gehirn neugestartet und ich hatte meine Sprache wieder.

„Meine Mutter war auf einem Seminar für Betriebswirtschaft", begann ich meine Story.

„Dort hat sie einen Tanz gelernt, der neue Kunden anzieht. Deswegen führen wir den jeden Nachmittag auf und heute war ich dran."

„Einen Tanz, um Kunden zu gewinnen? Quasi ein Regentanz?"

Die Mond-Augenbraue hob sich noch höher. Fast hatte sie Luis' Gesicht verlassen.

„Ich würde dir ja gerne mehr darüber erzählen, aber das ist ein Geschäftsgeheimnis. Dein Vater könnte es klauen, um in eurem Hotel Kunden anzulocken."

Luis brach in lautes Lachen aus. Ich liebte es, wie sein Lachen klang und kicherte ebenfalls.

„Das war eine deiner besseren Lügen, schätze ich", meinte er, nachdem er sich beruhigt hatte. Dass er immer merkte, wann ich log, war ziemlich blöd.

„Die muss ich Rosi erzählen."

Mein Blick verfinsterte sich. Er war eine Minute im Laden, und schon erwähnte er Rosi.

Wenn Blicke töten könnten, dann wäre Luis aus unserem Geschäft nicht lebend herausgekommen.

„Was willst du hier eigentlich?", rutschte es mir heraus.

„Ich wollte dich nicht stören, sorry. Aber ich habe in meiner privaten Bibliothek ein tolles Geschichtsbuch entdeckt, was eine gute Ausführung über das Thema Hexenverbrennung enthält. Ich wollte es dir ausleihen."

Er holte ein dickes Buch aus seinem Rucksack und drückte es mir in die Hände.

Unsere Fingerspitzen berührten sich leicht und mein ganzer Körper kribbelte. Blitzschnell gab er mir einen Kuss, mitten auf den Mund. Dann verschwand er, ohne ein weiteres Wort zu sagen. Der Hochzeitsmarsch war auf seinem Höhepunkt und die Blechbläser spielten die letzten Noten.

Was für ein Stück.

KAPITEL FÜNF

„Hast du mittlerweile schon ein Kostüm?", wollte Bianca wissen. Sie striegelte gerade Stiefel, einen mittelgroßen Haflinger.

Wir waren nach der Schule zum Reiterhof am Stadtrand gefahren, um Toni bei ihrem Nebenjob zu unterstützen. Heute stand Pferdepflege auf dem Programm. Dass Bianca mittlerweile selbstständig Ponys striegelte, war das Ergebnis von Tonis und meiner harten Arbeit. Unsere Lieblingshexe hatte eigentlich gehörige Angst vor den Vierbeinern, schlug sich aber wacker.

„Nein, ich werde aber rechtzeitig eins haben", sagte Toni genervt und kratzte die Hufe von Stiefel aus.

„Ich habe das mit den Glitzersteinen nicht hinbekommen, und dann kam auch noch Luis unangemeldet in den Laden", erzählte ich hastig, als ich Bianca eine weiche Bürste für den Kopf der Ponys reichte.

„Luis war unangekündigt da? Was wollte er denn?", wollte unsere Lieblingshexe wissen.

„Er wollte mir ein Buch über Hexenverbrennung leihen. Rosi hat er in einem Nebensatz natürlich auch erwähnt", berichtete ich.

„Oh vergiss ihn! Was soll das! Langsam wird es lächerlich!", sagte Bianca und pfefferte die Bürste wieder zurück in die Putzbox.

Stiefel zuckte vor Schreck zusammen.

„Lass deine Aggressionen nicht an Stiefel aus, der merkt unsere Gefühle fast schon schneller als wir selbst", murmelte Toni und gab dem Pony einen Apfel aus ihrer Jackentasche.

„Sorry."

„Ja, also, es war lächerlich. Bis er mich geküsst hat", schwärmte ich.

„Er hat von Rosi erzählt und dich dabei geküsst?" Bianca riss ihre Augen auf.

„Nein, so ein Quatsch. Also, nicht zeitgleich", verteidigte ich ihn.

„Du bist blind vor Liebe!", seufzte Bianca.

„Männer sind doch alle gleich", ergänzte sie.

„Das sagst du doch nur, weil Tobi dich verlassen hat", sagte Toni trocken. Autsch. Die Stille im Stall war plötzlich unangenehm laut.

Nicht mal ein Pony schnaubte.

„Es ist immer noch besser verlassen zu werden, anstatt als alte Jungfer zu sterben", zischte sie.

Doppel-Autsch. Denn Toni hatte noch nie einen Freund gehabt.

Was war nur los mit meinen Freundinnen? Und was war los mit mir und Luis? War ich wirklich blind vor Liebe?

Für einen Moment lang schaute Toni ziemlich grimmig. Im nächsten Moment stupste Stiefel sie mit seiner weichen Schnauze an.

„Dann werde ich eben als eine verrückte alte Jungfer sterben, die man auch Crazy-Pony-Lady nennt, weil sie mit Dutzenden zuckersüßen Ponys zusammenlebt", lachte sie.

„Aber lass Stiefel nicht in dein Haus, sonst zerkaut er dir alle Schuhe", kicherte ich. Dass Stiefel gerne an Reitstiefeln knabberte, hatte ihm seinen Namen verliehen.

„Vielleicht lernen wir ja alle unseren Mr. Right auf der Halloweenparty kennen", sagte Bianca verträumt.

Wir trafen uns am nächsten Abend in unserer Küche, um die Snacks für das Mitbringbüfett vorzubereiten. Die Halloweenparty kostete keinen Eintritt, wir sollten jedoch ein paar Snacks und Getränke beisteuern.

Ein fairer Deal, dachte ich.

Toni traf keuchend mit einem großen Rucksack voller Einkäufe ein, und Bianca gesellte sich etwas später zu uns.

In der Hand hielt sie ihr Tablet, das eine digitalisierte Version ihres Hexenbuchs enthielt. Sie war eben eine moderne Hexe.

„Ich habe richtig süße Snackideen im Internet gefunden", schwärmte sie und zeigte uns ihre Rezepte.

„Ja, deswegen hatte ich eine riesige Einkaufsliste", meckerte Toni.

„Warum bereiten wir die Snacks eigentlich schon einen Abend vorher zu?", wollte ich wissen. Die Party war schließlich erst am nächsten Abend.

„Weil ich den Vollmond nutzen muss", erklärte Bianca.

„Nein, wir machen ganz normales Essen! Nichts Hexisches, nichts Giftiges, nichts mit Mondlicht", protestierte Toni.

„Ich denke, wir würden alle davon profitieren. Morgen um 10:27 Uhr ist Neumond, und ich dachte, wir waren uns gestern darüber einig, dass wir alle einen neuen Freund brauchen."

„Ich will keinen neuen, ich will nur Luis", murmelte ich.

Bianca tätschelte meine Schulter und schaute mich mitleidig an.

„Wir alle brauchen einen neuen Freund", sagte sie.

Ich rollte mit den Augen.

„Meinetwegen beschränke ich mich auf einen Liebestrank", schlug sie vor.

„Alle Snacks werden also essbar und nicht giftig sein?", wollte Toni wissen.

Meine Mutter betrat unsere kleine Küche und schnappte ein paar Gesprächsfetzen auf. Beim Schlagwort „giftig" hob sie die Augenbrauen.

„Sagte der König zur Köchin, weil er Angst hatte, vergiftet zu werden, ein wunderbares Märchen, was du da erzählst, Toni", sagte ich laut und klopfte Toni auf die Schulter.

„Ja, das Märchen vom Kochkönig", wiederholte sie und lächelte gequält. Meine Mutter schüttelte den Kopf, schnappte sich eine Birne aus dem Obstkorb und verließ die Küche.

„Meine Hexereien sind nicht giftig", verteidigte sich Bianca.

„Zumindest nicht in normaler Dosierung."

„Was bewirkt denn der Liebestrank?", wollte ich wissen.

„Er kann natürlich keine wahre Liebe zaubern. Allerdings verstärkt er die Anziehungskräfte. Wenn also schon eine gewisse Anziehung da ist, dann – boom!"

Bianca schlug auf die Tischkante unseres Küchentischs. Ich zuckte zusammen.

Über das Küchenradio ließ ich Halloweenmusik abspielen und wir begannen, ein Rezept nach dem anderen auszuprobieren.

Das Resultat waren gruselige Würstchenmumien, die wir mit Pizzateig umwickelt hatten, kürbisförmige Pasteten aus Blätterteig mit Apfelfüllung und Schokokekse in Gespensterform.

Aus Salzstangen, Käsestreifen und Schnittlauch bastelten wir noch kleine, essbare Hexenbesen.

Wir waren mit unserem Resultat mehr als zufrieden.

Mit einem Messbecher in der Hand und angestrengt zusammengekniffenen Augen setzte Bianca die Liebestrankbowle an.

Wir mischten Orangensaft, Ananassaft, Zitronensaft und Kirschsaft.

Dazu kamen noch eine Dose Mandarinen und ein Glas Kirschen.

Eine komische Mischung. Bianca gab zusätzlich grüne Lebensmittelfarbe in den Topf.

„Igitt", machte Toni bei diesem Anblick.

„Das sieht nach einem Gifttrank aus, und nicht nach einem Liebestrank", meinte ich und verzog ebenfalls das Gesicht.

„Das ist doch die Tarnung. Ein roter Trank ist zu auffällig. Morgen machen wir noch die Tüte mit den Weingummi-Augen hinein und dann ist es richtig schön gruselig-hexisch, ohne aufzufallen."

„Was genau ist jetzt der Zauber daran? Die Augen?", fragte ich neugierig.

Bianca holte einen kleinen Flakon aus ihrer Hosentasche. Das Glasgefäß enthielt eine klare Flüssigkeit und blitzte im Licht der Küchenlampe.

„Das lade ich heute Nacht noch im Mondlicht auf, und morgen kommt es in die Bowle", erklärte sie.

„Ich trinke morgen den ganzen Abend nur Cola. Nur Cola, hört ihr? Kein Schluck dieses Giftgebräus. Ich bin ja nicht lebensmüde", meinte Toni.

In dem Moment betrat meine Mutter wieder die Küche.

„Auftritt des Königs?", fragte sie Schultern zuckend.

Wir nickten.

KAPITEL SECHS

In der folgenden Nacht träumte ich von Luis, der mich als Vampir verkleidet in meinem Zimmer besuchte.

Er hatte einen Becher mit Biancas Zaubertrank in der Hand und nahm einen großen Schluck.

„Nein, trink es nicht!", schrie ich im Traum, aber er hatte schon den ganzen Becher hinuntergestürzt.

Schweißgebadet wachte ich auf. Ich brauchte einen Moment, um mich wieder in der Realität einzufinden.

Luis hatte mir eine Nachricht auf mein Handy gesendet:

„Viel Spaß bei der Party!".

Ich schickte ein „Danke", zurück.

Nachdem ich mir den ganzen Tag den Kopf darüber zerbrach, was der Traum von Luis zu bedeuten hatte, trafen wir uns bei Bianca.

Wir wollten uns für die Halloween-Party standesgemäß zusammen fertig machen.

Ich war bereits auf dem Weg zu Bianca, hatte unsere vorbereiteten Snacks in mehreren Stoffbeuteln verstaut und hievte sie die schmale Treppe zu ihrer Wohnung hoch.

„Süßes sonst gibt's Saures?", sagte der Outdoor-Wagner zur Begrüßung.

„Jaja", antwortete ich verlegen.

Wir waren doch schon viel zu alt für das Klassische von Tür-zu-Tür gehen an Halloween! Wie peinlich.

„Hat er dir auch die Tür mit -*Süßes sonst gibt's Saures*- geöffnet?", fragte mich Bianca und lachte.

„Hat er", meinte ich und stellte die schweren Tüten in ihrem Zimmer ab.

Etwas später trudelte auch Toni ein.

„Dein Vater hat Halloween nicht ganz verstanden. Die Kinder sagen -*Süßes sonst gibt's Saures*-, nicht er", erzählte sie.

„Wieso bist du nicht verkleidet?", sagte Bianca empört.

Ich hatte mich immerhin schon in das schwarze Spitzenkleid geworfen. Unsere Lieblingshexe trug ihr selbstgenähtes Sternen-Hexen-Outfit. Nur Toni stand in ihrem ausgeleierten Hoodie und einer ausgewaschenen Jeans vor uns.

„Keine Sorge. Ich habe mein Kostüm im Rucksack", meinte sie verteidigend.

Bianca zog ihre Augenbrauen hoch und erinnerte mich einen kurzen Moment an Luis.

„Du hast Nerven", kommentierte sie und holte eine schwarze Seidentasche aus ihrer Kommode. Dann kippte sie den Inhalt der Tasche auf ihrem kleinen Tisch am Fenster aus. Nacheinander fielen Dutzende Mascara, Nagellacke, Lippenstifte und Lidschattenpaletten heraus.

Ich staunte nicht schlecht und schaute mir die unterschiedlichen Farben an.

„Blutrot", sagte Bianca und trug mir einen Lippenstift auf.

„Damit küsst es sich am hexischsten", lachte sie.

„Ich weiß nicht, ob *am hexischsten* ein Wort ist", meinte Toni und begutachtete die Schminksachen skeptisch.

„Apropos. Bist du jetzt eine richtige Hexe oder nicht?", ergänzte sie dann.

„Da heute Halloween ist, ignoriere ich deinen gehässigen Unterton und interpretiere, dass du auf die Stammbaumanalyse anspielst", sagte Bianca geschwollen.

Gedankenverloren trug sie mir blutroten Nagellack, passend zum Lippenstift auf.

„Nee, ich habe die Auswertung noch nicht bekommen. Ich bin schon echt ungeduldig."

Dann recherchierten wir im Internet nach gruseligen Make-Up Tipps und Tricks, schminkten uns gegenseitig, entfernten alles wieder und begannen von vorn.

So lange, bis wir einigermaßen zufrieden mit unseren Kunstwerken waren.

Bianca hatte auf meinem Gesicht einige Schnörkel gemalt, wie man sie beim mexikanischen Totenfeiertag, dem „Dia de Muertos" trug.

Zusammen mit dem schwarzen Spitzenkleid und dem dunklen Totenschleier sah das richtig klasse aus.

Toni und ich hatten Biancas Wangen mit kleinen Sternen und Glitzer verziert. Passend dazu trug sie dunklen Glitzernagellack. Toni ließ sich erst nach einigen Überredungskünsten von Bianca „Smokey Eyes" schminken.

Zu welchem Halloweenkostüm das passen sollte, wussten wir immer noch nicht.

Genau fünf Minuten bevor wir losmussten, um rechtzeitig zur Party zu erscheinen („rechtzeitig" nach Biancas Ansicht, also ungefähr 20 Minuten zu spät), verzog sich Toni ins Badezimmer.

Auf die Sekunde kam sie wieder heraus und war abfahrbereit.

„Was ist das denn?", fragte Bianca mit offenem Mund.

„Eine Mumie, oder?", meinte ich und grinste.

„Meine Mutter hat in ihrer Hausarztpraxis immer einen Haufen von diesen Mullbinden rumliegen, und da dachte ich, einfacher geht's nicht", erklärte Toni stolz.

Sie hatte ihren gesamten Körper mit mehreren Packungen Mullbinden umwickelt und die Enden zusammengeknotet. Drunter trug sie immer noch ihre Schlabberklamotten.

„Und wie willst du so Fahrradfahren?", wollte unsere Lieblingshexe wissen.

„Darüber habe ich mir keine Gedanken gemacht."

Voll bepackt liefen wir zu den Fahrradständern, die an der Einkaufsstraße zwischen Biancas und meinem Haus standen.

KAPITEL SIEBEN

„Stop!"

Bianca blieb auf der Stelle stehen. Toni stolperte fast, weil sich eine Mullbinde von ihrem Bein löste.

Die Gummitier-Augen in dem Topf mit der Bowle schwammen durch die abrupte Bewegung aufgeregt hin und her.

„Wir können nicht zur Party gehen, ohne eine Tarotlegung gemacht zu haben!", sagte unsere Lieblingshexe und zückte das Kartenblatt aus ihrer Handtasche.

„Ähm, doch!", erwiderte Toni aufmüpfig und versuchte, die Mullbinden wieder zu verknoten.

„Schaden kann es ja nicht", murmelte ich und befestigte den Kochtopf auf meinem Gepäckträger. Bianca hielt mir die Karten hin, ich zog hektisch sieben Stück.

„Können wir jetzt losfahren?", meckerte Toni und stieg aufs Rad. Bianca rollte mit den Augen, begutachtete die sieben Karten und stieg dann auf ihr Fahrrad.

„Dann also eine fahrende Legung heute", kicherte ich.

„Auf jeden Fall war wieder der Teufel unter den Karten", erklärte sie. Wir fuhren nebeneinander und strampelten uns ab, da es zum Jugendzentrum bergauf ging.

„Oh nein."

Ich dachte an eine gewisse R. Rosenberg, die für mich der Inbegriff des Teufels war.

„Vermutlich wird sich jemand als Teufel verkleidet haben", interpretierte Toni die Karte.

„So stupide ist Tarot doch nicht!", verteidigte Bianca sich.

„Die Konstellation der Karten kündigt Schwierigkeiten an. Viele verschiedene Energien, die sich mischen, sodass es richtig knallen wird! Allerdings zeigen die Karten auch eine ruhigere Schwingung an, eine Energie der Vollendung."

„Nicht etwa wieder Verschmelzung?"

Toni bekam einen Lachanfall. Dabei lösten sich wieder einige Mullbinden der Verkleidung, die sich in den Speichen ihres Mountainbikes verhingen.

Bianca und ich beobachteten hilflos, wie ihr Vorderrad blockierte, und sie im hohen Bogen über das Lenkrad flog.

„Aua", schrie sie.

Wir stiegen sofort von unseren Rädern und halfen ihr auf.

„Hast du das gemeint mit, es wird richtig knallen?", sagte Toni und fasste sich an ihr Knie.

„Ähm, nein, keine Ahnung", stotterte Bianca.

„Was ist mit deinem Knie?", wollte ich wissen.

„Ich glaub das wird nur blau werden. Wir waren ja im Schneckentempo unterwegs, mein Sturz muss ziemlich bescheuert ausgesehen haben."

„Schade, dass es nicht blutet", meinte unsere Lieblingshexe und zog die Mullbinden aus Tonis Speichen. Wir schauten sie entgeistert an.

„Das hätte doch perfekt zum Kostüm gepasst!"

Wie eine Karawane mit Kamelen in der Wüste, schoben wir unsere voll bepackten Fahrräder die letzten Meter zum Jugendzentrum. Aus der weit geöffneten Tür drang laute Musik. Bunte Lichter strahlten bis nach draußen. Die Party war schon in vollem Gange.

Im Flur war das Mitbringbüfett aufgebaut, das schon ziemlich abgegrast war. Wir stellten unsere Snacks und die Bowle auf die wackeligen Tische.

„Schön, dass ihr auch etwas mitgebracht habt", sagte Myrte, die Sozialarbeiterin.

Sie trug eine Plüschspinne auf dem Kopf.

„Da ist doch hoffentlich kein Alkohol drin?"

Wir schüttelten die Köpfe.

„Alkohol nicht, aber", flüsterte Toni.

Bianca machte „pssst", und wir lächelten Myrte an.

Die roch misstrauisch an der Bowle, begutachtete die anderen Snacks und zog dann zum Glück ab.

Bianca holte drei Plastikbecher vom Buffet, füllte mit einer Schöpfkelle unsere Bowle hinein und drückte uns je einen Becher in die Hand.

„Auf uns Mädels, und auf einen hexischen Abend!", sagte sie feierlich.

„Ich habe gesagt, dass ich nur Cola trinke, und nicht von deinem Giftgebräu!", beschwerte Toni sich.

Unsere Lieblingshexe fasste sich an ihre Hexenkette, rollte mit den Augen und holte dann den kleinen Flakon aus ihrer Handtasche.

„Ab jetzt ist die Bowle erst verhext. Wir haben stink normalen Fruchtsaft!"

Wir stießen an und tranken die Bowle.

Die schmeckte gar nicht mal so gut, aber die Gummiaugen waren witzig.

Bianca ging uns voraus, um die auf Tanzfläche zu stürmen. Wir liefen ihr hinterher, wobei Toni ein wenig humpelte, da das Knie scheinbar doch etwas abbekommen hatte.

Der große Raum des Jugendzentrums war mit Plastikspinnen, Kunstspinnennetzen und grünen Kürbissen geschmückt.

Es waren ungefähr 30 Jugendliche aus unserem Alter dort, die ausgelassen tanzten.

Darunter auch ein paar süße Jungs, soweit ich das auf den ersten Blick erkennen konnte.

Ich versuchte, mich irgendwie rhythmisch zur Musik zu bewegen, auch wenn ich keine Ahnung hatte, wie ich das anstellen sollte.

Meine Party Erfahrung war bisher eher bescheiden. Ob ich das lernen konnte?

„Wir müssen die Jungs dazu kriegen, die Bowle zu trinken!", bemerkte Bianca laut.

Da die Musik unglaublich dröhnte, mussten wir uns nahezu anschreien, um uns gegenseitig zu verstehen.

„Du kannst sie doch nicht zwingen!", schrie Toni zurück.

Währenddessen ging Myrte umher, da sie das einzige Jurymitglied für den Kostümwettbewerb bildete.

„Was stellt dein Kostüm dar?", fragte sie mich. Ich riss die Augen auf. Was sollte ich Kluges darauf antworten?

„Die Schminke ist an den *Dia de Muertos* aus Mexiko angelehnt, die habe ich gemacht. Den Schleier haben wir selbstgebastelt", kam mir Bianca zuvor.

„Aha", machte Myrte und schrieb eine Notiz auf einen kleinen Block. Die Plüschspinne auf ihrem Kopf wackelte bei jedem Wort, das sie schrieb.

„Ich stelle eine Sternenhexe da. Sie müssen wissen, dass ich zu einer sehr hohen Wahrscheinlichkeit, also, es ist noch nicht ganz sicher, aber sehr wahrscheinlich, dass ich von einer echten Hexe abstamme, die zwar verbrannt wurde, aber, ich meine, ich habe Hexenblut", erzählte unsere Lieblingshexe aufgeregt, als Myrte ihr ins Wort fiel.

„Ich befrage nur die Kostüme aus der engeren Auswahl", bemerkte sie und Bianca verstummte.

„Was für eine Mumie stellst du dar?"

Myrte wandte sich an Toni. Bianca blieb der Mund offen stehen.

„Ähm, keine Ahnung, einfach irgendeine gewöhnliche, schätze ich", stotterte sie.

„Sehr kreativ und gut umgesetzt. Außerdem toll, dass du nicht aus deiner Rolle fällst und permanent humpelst", lobte Myrte sie.

Dann zog sie plüschspinnenwackelnd ab.

„Das ist doch nicht ihr Ernst! Ihr beide seid in der engeren Auswahl, und ich nicht? ICH nicht? Ich hätte mir also irgendwelchen Abfall aus einer Hausarztpraxis umwickeln können, damit ich hier gewinne? Was für eine Unverschämtheit!"

„Ich humple nicht mit Absicht", meinte Toni.

„Regt euch nicht auf, wir sind doch nicht hier, um zu gewinnen", sagte ich besänftigend.

„Ich muss hier raus", sagte Bianca und lief schnurstracks auf die Toiletten zu. Wir folgten ihr.

Hier konnte man sich wenigstens wieder in normaler Lautstärke unterhalten.

„Ich habe stundenlang Sterne aus Stoff ausgeschnitten und akkurat an diesen Blazer genäht!"

Bianca zog sich wütend ihren lilafarbenen Lippenstift nach.

„Du siehst toll aus! Myrte hat keine Ahnung. Ich meine, sie trägt eine Spinne auf dem Kopf!", lachte ich.

„Gibt es nicht auch einen Preis für ein Paarkostüm?"

Toni setzte sich auf den großen Mülleimer, in dem man die Papierhandtücher entsorgen konnte. Ich zog ebenfalls meinen Lippenstift nach und schaute auf mein Handy.

Luis hatte mehrere Nachrichten geschrieben, die wohl wegen schlechtem Empfang erst jetzt durchkamen.

„Bist du heute auf dieser Halloween Party?" Wieso wollte er das wissen? Damit er ungestört mit Rosi machen konnte, was er wollte? Ich tippte einfach nur ein: „Ja".

„Ich weiß nicht, wie lange ich mit dem Knie noch tanzen kann", seufzte Toni und rieb sich das Bein.

„Wir vergessen, warum wir hier sind!", sagte Bianca theatralisch.

„Ja, wieso eigentlich", murmelte Toni.

„Wegen den Jungs! Hallo! Wir alle brauchen einen süßen Jungen, mit dem wir heute tanzen werden. Heute, und beim Hochzeitstanz", schwärmte sie.

Nachdem Bianca ihre Motivationsrede auf dem Klo beendet hatte und Toni fast im Mülleimer stecken geblieben wäre, liefen wir zurück zur Tanzfläche. Mit blitzenden Augen scannte Bianca den Raum, um die süßesten Jungs auszuspähen.

In einer gleichmäßigen Tanzbewegung näherte sie sich ihren Zielobjekten und provozierte, dass sie mit ihr tanzen wollten.

Ich staunte nicht schlecht, als sie plötzlich eng umschlungen mit einem fremden Jungen tanzte. Nach ein paar wilden Tänzen nahm sie ihn an die Hand und stellte ihn uns vor.

„Das ist Charles!"

Er nickte.

„Hello", sagte er nur.

„Er ist ein Austauschschüler aus England", erklärte sie.

„Do you wanna drink Bowle? Ähh I mean Cocktail? Drink?"

Er nickte wieder. Beherzt zerrte sie ihn zum Buffet. Mit vollen Bechern kamen sie zurück.

„Das dort drüben ist Ryan, auch ein Gastschüler. Und der Junge im karierten Hemd ist Gustav, sein Gastgeber, Gastbruder, keine Ahnung, wie man sagt."

Alle nickten und schauten uns an. Wie konnte sie innerhalb von zwei Tänzen so viele Leute kennenlernen?

„Ist das nicht Luis?", hörte ich Toni sagen. Sie zeigte auf einen Jungen im Dracula Kostüm.

Es war tatsächlich Luis. In meinem Bauch flogen die Schmetterlinge auf und ab.

War er extra gekommen, um mich zu sehen? Meine Augen fokussierten seine edelsteingrünen Augen, und er lief direkt auf mich zu.

„Hallo Luis!", sagte ich aufgeregt.

„Und Rosi", ergänzte ich enttäuscht.

Direkt hinter ihm war eine gewisse R. Rosenberg aufgetaucht. Sie trug ein knappes, rotes Kleid und passend dazu Teufelshörner auf dem Kopf.

Ihre langen schwarzen Haare bildeten einen Kontrast zu dem sonst knallroten Outfit. Perfekt geschminkt war sie natürlich auch noch.

Luis hingegen trug einen Anzug seines Vaters und einen schwarzen Vampirumhang mit roten Kragen.

„Der Teufel, ich glaub es nicht", sagte unsere Lieblingshexe und ließ abrupt die Hand von ihrem

Charles los. Im Gegensatz zu mir, war sie in der Lage die Situation klar zu erfassen.

„Jules und Ryan wollten gerade Bowle holen. Sie haben die ganze Zeit zusammen getanzt, das macht durstig!", erklärte sie und schubste mich und Ryan Richtung Buffet.

Was für eine dreiste Lüge, dachte ich. Aber eine sehr gute. Luis und Rosi folgten uns.

„Are these real eyes?", fragte Ryan misstrauisch, als er etwas Bowle in einen Becher füllte.

„Warum bist du überhaupt hier? Ich dachte, ihr müsst arbeiten", fragte ich Luis schnippisch.

„No real eyes, just gummy, you know, äh candy", funkte Bianca dazwischen, die mittlerweile mit Charles ebenfalls das Buffet stürmte.

„Mussten wir auch. Aber Rosi hat mit ihrem Charme bewirkt, dass der letzte Gast früher das Check-In beendete, sodass wir Feierabend machen konnten."

Mit ihrem Charme? Rosi kicherte und strich such durch ihre langen, schwarzen Haare. Mir wurde auf der Stelle kotzübel.

Und sicher nicht nur von der Bowle, dachte ich. Unsere Lieblingshexe verteilte währenddessen die verhexte Bowle auch an Luis und Rosi.

„Freust du dich nicht, dass ich hier bin?"

Luis bemerkte meine schnippische Art.

Ich schaute ihn verurteilend an, drehte mich von ihm weg und schnappte Ryans Hand, um ihn zurück auf die Tanzfläche zu ziehen.

Mein Herz pochte. Was machte ich nur?

Hatte ich gerade wirklich die Hand eines Fremden genommen?

Ryans Hand war ziemlich groß und schwitzig, ich ekelte mich fast davor. Luis Hand hatte immer perfekt in meine gepasst und war nie schwitzig gewesen.

Nicht mal bei unserer Brockenwanderung.

Ryan schien zwar überrumpelt, genoss jedoch meine Aufmerksamkeit. Völlig unter Strom tanzte ich mit ihm, während ich parallel ein Auge auf Luis warf.

Der trank zwei große Becher Bowle leer und lief dann tatsächlich mit der teuflischen Rosi auf die Tanzfläche.

Wie konnte er nur? Wie konnte er nur mit ihr auf der Party auftauchen und dann auch noch mit ihr tanzen?

Toni saß mittlerweile genervt auf einem Stuhl am Rand der Tanzfläche, und Bianca verschmolz fast mit Charles beim Tanzen.

Rosi und Luis schienen sich beim Tanzen auch immer näher zu kommen.

„Ich glaube, die Bowle wirkt!", flüsterte Bianca in mein Ohr, als Charles sie gerade tanzend in meine Richtung schwang.

Ein bisschen zu gut vielleicht, wenn ich Luis mit Rosi sah.

Jede Sekunde, die sie miteinander tanzten, starb ein weiterer Teil meines Herzens.

Zumindest fühlte es sich so an. Wie tausend Messerstiche.

„Wir kommen nun zu unserer Preisverleihung!"
Myrte hatte dem DJ das Mikro aus der Hand
gerissen und torkelte auf die Bühne, die aus einem
umgedrehten Tisch bestand. Die Plüschspinne
wackelte bedenklich und konnte sich noch gerade
so auf ihrem Kopf halten.

„Der Preis für das authentischste Einzelkostüm
geht an", begann sie.

Bianca schaute gebannt zur Bühne, in der
Hoffnung, sie würde doch noch gewinnen.

„Die Mumie!", verkündete Myrte. Ein Raunen
ging durch die Menge. Es gab nur eine Mumie an
diesem Abend, und die war Toni.

Toni öffnete erschrocken die Augen, sie war auf
ihrem Stuhl fast eingedöst. Dann humpelte sie zur
provisorischen Bühne und nahm den Preis
entgegen.

„Viel Spaß mit deinem goldenen Kürbis!"

Wir klatschten. Toni hatte Mühe, den großen
Kürbis in ihren Händen zu halten. Bianca stürmte
zu ihr.

„Ist er so schwer, weil er aus echtem Gold ist?"
Neidisch schaute sie auf den Kürbis.

„Ich glaube, das ist ein stinknormaler Kürbis, mit
Goldfarbe besprüht."

„Ich fand es eh total kindisch, dass es eine
Kostümverleihung   gab",   sagte   unsere
Lieblingshexe beleidigt.

„Ist klar", lachte Toni.

„Einen Preis haben wir noch zu vergeben, und
zwar den Preis für das beste Pärchen Kostüm",
fuhr Myrte fort.

Ich rollte mit den Augen. Bianca schaute wieder hoffnungsvoll zur Bühne. Wahrscheinlich erhoffte sie sich einen Sieg mit Charles.

„Der Preis geht an Dracula und die Teufelin!"

Ich erschrak. Mein Herz pochte noch schneller, als ohnehin schon. Das war doch nicht ihr Ernst!

Diese Frau mit der Plüschspinne auf dem Kopf hatte ernsthaft Luis und Rosi ausgewählt? Waren die beiden etwa ein Paar und alle wussten es, außer mir?

Ich sah Luis seine Verlegenheit im Gesicht an, als er mit Rosi im Schlepptau zur Bühne lief. Myrte drückte ihnen ein Lebkuchenherz in die Hand. Das war wohl noch vom letzten Weihnachtsfest übrig, dachte ich.

Hoffentlich bekamen sie gehörige Bauchschmerzen davon!

Rosi machte so etwas wie einen Knicks, und nahm das Herz entgegen. Dann umarmte sie Luis. Die Masse klatschte, und dann fing jemand an: „Küssen, Küssen!" zu rufen.

Ein paar weitere Jungs riefen es ebenfalls. Das war zu viel für mich.

Mir liefen die Tränen über die Wangen, und ich lief zur Toilette.

Im flackernden Licht des Badspiegels schaute ich mich mitleidig an.

Die Schminke war komplett zerlaufen, und ich sah aus wie ein Panda.

Was hatte die Teufelin nur aus mir gemacht?

Eine Minute später stürmte Bianca ins Badezimmer.

„Jules, es tut mir so leid, wirklich", sagte sie und legte eine Hand auf meine Schulter. Ich umarmte sie und schluchzte.

„Wie kann er nur zu unserer Party mit diesem Mädchen auftauchen, wie kann er nur, hat er überhaupt keinen Anstand", wimmerte ich.

„Das finde ich auch unmöglich."

Ich schaute Bianca an.

„Hast du da einen Knutschfleck?"

Sie grinste verlegen.

„Die Bowle wirkt wohl etwas zu gut, zumindest bei den Austauschschülern", giggelte sie.

„Wie, haben dich etwa beide geküsst? Was ist da überhaupt drin?"

Bianca grinste noch breiter.

„Tollkirsche", sagte sie.

„Lass uns zurück zur Party gehen. Du solltest jetzt auf keinen Fall einknicken, und Luis zeigen, dass du dein Leben ohne ihn sehr wohl genießen kannst."

Ich versuchte, mir das verheulte Make-Up so gut wie möglich abzuwaschen, und dackelte dann hinter Bianca wieder zur Party.

In meinem Kopf drehten sich die Gedanken. Ich blieb beim Buffet stehen, und begann, es zu plündern.

Frustsnacks waren jetzt sowas von nötig!

Beim Anblick der Bowle fielen mir Biancas Worte ein. *Tollkirsche*. Nachdem ich einige unserer Würstchen-Mumien und einen halben Liter Cola verdrückt hatte, stockte mir der Atem.

War Tollkirsche nicht giftig? Ich zückte mein Handy und öffnete die Suchmaschine.

Tollkirschen waren Nachtschattengewächse, deren Früchte höchst giftig waren.

Je nach Dosis konnten Unruhe, Verwirrtheit, Krämpfe, Lähmungen und sogar der Tod eintreten.

Vor Schreck fiel mir die letzte Würstchenmumie aus der Hand und rollte unter den Buffettisch.

Toni hatte Recht gehabt.

Die Bowle war vergiftet!

Mein erster Gedanke war, zum Glück hatte ich die Bowle getrunken, bevor Bianca sie vergiftet hatte.

Mein zweiter Gedanke war, ob Bianca eine Mörderin war?

Ich schob den Gedanken beiseite, denn es drängte sich ein dritter auf: Es hatten die meisten Gäste der Party von der Bowle getrunken, allen voran Luis.

Ich rannte auf die Tanzfläche und suchte nach Bianca.

„Wo ist Bianca?", schrie ich Toni an.

„Keine Ahnung, eben war sie noch da. Ich glaube, sie ist mit Charles und Ryan nach draußen gegangen!"

„Wo ist Luis?"

„Der ist eben nach Hause gegangen, glaube ich." Ich erklärte Toni in ein paar Worten, was ich gerade erfahren hatte.

„Du musst alle warnen!"

Aber wer würde Luis warnen?

Toni würde alle Leute auf der Tanzfläche informieren, und ich musste mich um die anderen kümmern.

Ich sprintete wieder zum Buffet. Dort wollte sich gerade Gustav einen Becher Bowle abfüllen.

„NEIN!", schrie ich, riss ihm den Topf aus der Hand und schüttete ihn vor der Tür des Jugendclubs gegen einen Baum.

Die Gummitier-Augen kullerten auf dem Rasen umher.

Ein Spritzer der Bowle traf mich dabei direkt ins Gesicht. Mist. Würde ich jetzt auch sterben?

Ich hatte keine Zeit, darüber nachzudenken. So schnell ich konnte, rannte ich die Straße hinunter, in der Hoffnung, ich würde Luis finden.

Ungefähr hundert Meter weiter sah ich ihn mitten auf der Straße laufen. Sein Dracula-Umhang wehte im Wind, und im Schein der Laternen sah das richtig gruselig aus.

Ob er schon Symptome der Vergiftung hatte? Vielleicht war er verwirrt und nicht ansprechbar.

„Luis!", schrie ich. Erschrocken drehte er sich um.

„Wo ist Rosi?", fragte ich dann.

„Sie ist schon nach Hause gegangen. Wo ist Ryan, sollte ich eher fragen?"

„Bei der Party", stotterte ich.

Mit so einer Frage hatte ich nicht gerechnet.

„Geht es dir gut?", ergänzte ich.

„Ob es MIR gut geht? Ja, sehr gut, danke der Nachfrage", erwiderte er.

„Wieso bist du jetzt auf mich sauer? DU hast dich ja wohl gerade absolut widerwärtig verhalten!"

Meine Gedanken überschlugen sich. Ich musste ihm doch vom Gift erzählen!

„Widerwärtig? Mir fehlen die Worte, Jules, mir fehlen echt die Worte. Ich habe das mit uns wohl komplett falsch eingeschätzt. Ich habe *dich* wohl komplett falsch eingeschätzt."

In mir gefroren meine Adern, mein Herz schien stehenzubleiben. Ob das schon der Beginn der schleichenden Vergiftung war?

„In der Bowle war Gift und es kann sein, dass du heute Nacht stirbst", sagte ich trocken.

„Vielleicht fährst du besser ins Krankenhaus. Vielleicht pumpen sie dir den Magen aus."

Luis schaute mich mit großen Augen an. Seine Mond-Augenbraue erfror mitten im Gesicht. Sie blieb einfach stehen.

Sein Gesichtsausdruck bestand aus Angst, Empörung und purem Schock.

Ich begann zu weinen. Zu gerne hätte ich jetzt die Hand von Luis genommen, oder ihn ganz fest umarmt.

Er durfte nicht sterben!

„Jules, Luis!", hörte ich Schreie hinter mir.

Es waren Bianca und Toni, die auf uns zu rannten.

„Jules, es ist alles ganz anders!", schrie Toni.

„Die Bowle ist nicht giftig!", rief Bianca.

„Du hast gesagt, da ist Tollkirsche drin, und das ist tödlich!", schrie ich zurück.

„Ja, ist es auch, aber in nicht homöopathischer Dosis", sagte Bianca außer Atem. Dann holte sie eine Pappverpackung aus ihrer Handtasche.

„Atropa Belladonna Globuli", las ich.

„Die habe ich dann nochmal verdünnt. Das heißt, in jedem Becher ist eine so geringe Menge, dass das nicht mal einem Säugling schaden würde", erklärte sie.

Luis riss mir die Verpackung aus der Hand. Dann warf er sie auf den Boden und ging.

„Luis, bitte, es tut mir leid", rief ich ihm hinterher. Er schaute sich nicht um.

Er lief einfach weg.

Ich brach in Tränen aus.

„Ich habe übrigens gerade erfahren, dass ich eine richtige Hexe bin! Die Stammbaumanalyse hat das bestätigt!"

Bianca strahlte.

Sie hatte keine Wahrnehmung dafür, dass sie gerade mehreren Menschen Todesangst eingejagt hatte. In ihrer Welt war die ja die ganze Zeit alles in Butter gewesen.

„Wir sollten jetzt nach Hause gehen", murmelte Toni und packte mich an der Schulter.

KAPITEL ACHT

„Das war ja wie ein schlechter Horrorfilm!"
Bianca strahlte.

Wir hatten eine Freistunde, und saßen in der
Schulbibliothek zusammen.

„Habt ihr ernsthaft geglaubt, ich wollte alle
umbringen? Bianca Wagner, die Massenmörderin
aus Wernigerode?"

Ich fand ihre Scherze nicht so lustig.

„Ich habe das nicht geglaubt, weil ich schon
wusste, was genau in der Bowle war", erklärte
Toni.

„Das heißt, die anderen Leute von der Party
dachten gar nicht, dass sie sterben?", wollte ich
wissen.

„Nein. Nur du und Luis dachten das für einen Moment."

Bianca holte ihr Tablet aus der Schultasche.

„Abgesehen davon, dass ich es nicht befürworte, ein Versuchskaninchen von Homöopathie oder sonst was zu werden, hast du die Sache wohl etwas überdramatisiert", meinte Toni und spitzte die Stifte aus ihrer Federtasche an.

Die Späne fielen langsam auf den Boden.

„Überdramatisiert? Ich dachte wirklich, ich sterbe. Und Luis. Und alle anderen", gab ich zu.

„Ja, und dir war der Tod der anderem bei Weitem nicht so wichtig wie der von Luis", sagte Toni.

„Ich verzeihe dir, dass du mich für eine Mörderin gehalten hast. Allerdings lief der Abend ansonsten ja wirklich traumhaft, die Bowle wirkte also", schwärmte Bianca und zog ihr Halstuch schmunzelnd über ihre Knutschflecke.

„Traumhaft? Was war denn daran traumhaft! Luis wird nie wieder ein Wort mit mir reden, NIE WIEDER."

Ich begann schon wieder zu weinen. Toni reichte mir ein Taschentuch.

„Ja, und das ist gut so. Immerhin hat er Rosi auf der Party geküsst!", meinte unsere Lieblingshexe und schlug ein paar Bücher auf.

„Hat er tatsächlich gar nicht", sagte Toni nebenbei und begann, einige Notizen in ihr Heft zu schreiben.

„Hat er nicht?"

Ich schaute sie erstaunt an.

„Bianca ist dir ja auf die Toilette nachgestürmt. Luis und Rosi hatten dieses komische Lebkuchenherz als Preis entgegengenommen, und als alle: *Küssen* riefen, hat er gesagt, dass sie gar kein Paar sind."

„Wieso sagst du das erst jetzt?"

Ich schaute Toni fassungslos an. Vielleicht hätte ich mir den gestrigen Sonntag voller Tränen sparen können.

„Ich dachte, das mit dem Gift war irgendwie wichtiger."

„Vielleicht sind sie genauso kein Paar, wie Jules und er. Weil Luis nämlich nur Spaß haben will", vermutete Bianca.

„Das könnte man durch ein klärendes Gespräch herausfinden", murmelte Toni und markierte einige Stellen ihrer Notizen.

„Wollten wir nicht endlich den Vortrag über Hexenverbrennung zu Ende bringen?", ergänzte sie.

„Ich will nachher noch ausreiten und habe nach der Schule keine Zeit mehr dafür."

„Warum eigentlich Tollkirsche? Warum hast du Spuren einer giftigen Pflanze in diese abartige Bowle gemischt?"

Ich war mit den Gedanken noch komplett bei der Party.

Mein Gehirn versuchte, jedes Detail zu analysieren, um mir Luis' Verhalten besser erklären zu können.

Wobei, eigentlich war seine Reaktion ziemlich nachvollziehbar. Allerdings hoffte ich, aus meiner

Detailanalyse die Wahrscheinlichkeit für eine Versöhnung abzuleiten.

„Ist ein schamanisches Liebeskraut, sozusagen", sagte Bianca.

„Also ich habe da vorhin etwas ganz anderes gelesen", erklärte Toni und durchsuchte den Bücherstapel. Dann schlug sie ein ganz bestimmtes Buch auf und zeigte mit ihrem Finger auf den Text.

„Zur Zeit der Hexenverfolgung wurde aus der Tollkirsche eine Salbe zubereitet, mit der angebliche Hexen eingerieben wurden. Die Opfer gaben durch die halluzinogene Wirkung der Salbe und unter der Folter alles zu, was man ihnen vorwarf, und wurden anschließend verbrannt", las ich laut vor.

„Das ist ja schrecklich!", ergänzte ich.

Toni nickte.

Ich schaute Bianca vorwurfsvoll an.

„Vielleicht bin ich diesmal ein bisschen über das Ziel hinausgeschossen. Andererseits, die Dosis macht das Gift!", entschuldigte sie sich. Ich schlug das Buch mit einem lauten Knall zu.

„Das ist das Buch, das Luis mir geliehen hat. Er wusste also bestimmt von dieser Verwendung der Tollkirsche. Kein Wunder, dass er mich jetzt für total bescheuert hält und nie wieder was von mir wissen will! Du blöde Hexe!"

Ich schrie Bianca an. Die anderen Schüler, die in der Bibliothek saßen, schauten herüber.

„Ich habe mich doch schon entschuldigt! Was soll ich denn noch tun?"

Weinend verließ ich die Bibliothek. Diese blöde Hexe konnte mir gestohlen bleiben.

In den letzten Unterrichtsstunden hatten wir Sportunterricht.

Eigentlich fuhren wir immer gemeinsam mit unseren Fahrrädern zur Sporthalle, heute jedoch strampelte ich alleine. Bianca konnte mir sowieso gestohlen bleiben, und wenn Toni sich weiterhin mit dieser Hexe abgeben wollte, dann bitteschön.

Die Sportlehrerin teilte uns in die gewohnten Gruppen ein. Ich versuchte, dies zu verhindern, hatte aber keine Chance. Also mussten Toni, Bianca und ich zusammen gegen ein anderes Team Volleyball spielen.

Das Spiel lief schleppend, obwohl Bianca sich ganz schön anstrengte. Ich war sowieso schon eine Niete im Ballsport, gab mir heute aber besonders wenig Mühe. Ball für Ball ließ ich einfach auf die Erde fallen.

„Spinnst du? Bewegst du dich heute noch?", schrie Bianca aufgebracht.

„Nein, ich habe Vergiftungserscheinungen!", schrie ich zurück.

Die Sportlehrerin Frau Taube pfiff und ermahnte uns, nicht zu schreien und das Spiel ernst zu nehmen.

Den nächsten Ball, den die andere Mannschaft rüber spielte, griff ich auf und schmetterte ihn direkt gegen Biancas Kopf. Kurz war ich selbst von meiner Fähigkeit überrascht, den Ball so direkt zu zielen.

„Aua!"

Frau Taube pfiff wieder und beendete das Spiel.

Sie ließ Bianca und mich in ihrem kleinen, verstaubten Büro in der Halle antanzen.

„Es gibt genau zwei Optionen. Entweder, ihr kassiert beide eine 6 für unsportliches Verhalten, oder, ihr erklärt mir, was los ist", sagte sie streng.

Die Trillerpfeife, die sie um den Hals hängen hatte, bewegte sich rhythmisch mit ihrem Atem auf und ab.

„Sie würden es ja doch nicht glauben", murmelte ich.

„Bitte?"

„Ich meine, es gibt Dinge, die sind nicht von dieser Welt, zum Beispiel Hexen", sagte ich.

„Spinnst du?"

Bianca schaute mich mit wütenden Augen an. Ihre Hexenkette blendete mich, da sie sich im Licht der Bürolampe spiegelte.

„Ich sehe schon, ihr nehmt die 6", sagte Frau Taube genervt.

Wütend verließ ich die Sporthalle und fuhr nach Hause, ohne mich umzuziehen.

Draußen war es kalt und nieselte. Meine dünnen Sportklamotten ließen mich frieren.

Aber das war mir egal.

KAPITEL NEUN

Am nächsten Morgen wachte ich mit schrecklichen Halsschmerzen und einer heiseren Stimme auf.

Meine Mutter war zum Glück gnädig und ich durfte zuhause bleiben. So musste ich wenigstens nicht Bianca und Toni begegnen. Ich machte es mir in meinem Bett gemütlich und bemitleidete mich selbst.

Die Erkältung war nicht annähernd so schlimm wie mein gebrochenes Herz.

Vor meinem inneren Auge sah ich immer wieder Luis, wie er sich umdrehte und ging.

Immer und immer wieder. Bei dem Gedanken, dass ich nie wieder mit ihm auf seinem Bett liegen und den Sternenhimmel anschauen würde, kamen mir die Tränen.

Ich würde ihn nie wieder küssen oder seine warme Umarmung spüren.

Nicht einmal seine Mond-Augenbraue könnte ich anschauen. Niemals wieder in meinem Leben würde ich einen so tollen Jungen kennenlernen.

Unmöglich!

Je mehr ich weinte, desto mehr wurde mir bewusst, wie sehr ich ihn mochte. Ich dachte darüber nach, wie wir uns kennengelernt hatten und wie viel Mühe ich mir gemacht hatte, ihn zu beeindrucken.

Und dann dachte ich an Rosi. Wie sie alles kaputt gemacht hatte.

Bianca hatte ebenfalls einen großen Teil dazu beigetragen.

Ich kramte eine Tafel Milchschokolade aus meinem Nachttisch und stopfte sie in mich hinein.

Schokolade löst im Gehirn Glückshormone aus, hatte ich irgendwo gelesen.

Die brauchte ich dringend!

Nachdem ich die ganze Tafel Schokolade in Rekordzeit vernichtet hatte, schloss ich die Augen und hoffte, der Tag würde vergehen.

Ich döste ein und träumte von Luis, wie er mich einfach umarmte.

Er legte seine warmen Arme um mich und streichelte meinen Kopf. Weinend wachte ich auf.

Meine Mutter war in mein Zimmer gekommen, mit einer Kanne Tee in der Hand.

„Geht es dir so schlecht?", fragte sie und setzte sich auf meine Bettkante. Ich nickte und trocknete meine Tränen.

„Ich habe dir die Heilungshexe aufgebrüht, eine neue Teesorte im Laden, mit Lindenblüten. Hast du Fieber?" Ich schüttelte den Kopf.

So schlimm war meine Erkältung dann doch nicht.

„Dann kannst du ja morgen wieder zur Schule gehen."

Mütter! Wenn man nicht gerade im Sterben lag, konnte man sie nicht wirklich überzeugen, zuhause zu bleiben.

„Wie geht es eigentlich Luis? Geht ihr nochmal Wandern? Der Herbst ist so schön", meinte sie und goss mir eine Tasse dampfenden Tee ein.

Diese Frage hätte sie nicht stellen dürfen. Ich schluchzte und mir liefen wieder die Tränen von der Wange.

„Kann es sein, dass du Liebeskummer hast?" Mist. Es war wohl zu offensichtlich. Eigentlich wollte ich meine Ma aus solchen Dingen raushalten.

Ich weiß nicht, ob in dem Tee irgendeine besondere Zutat war (hoffentlich kein Gift!), die mich gesprächig machen sollte.

Vielleicht die Lindenblüten?

Wie ein Wasserfall erzählte ich meiner Ma die ganze Geschichte. Angefangen bei Rosi, wie sie mich im Hotel komisch behandelt hatte, über das Gift in der Bowle bis hin zu Luis Abgang.

Ich war so gesprächig, dass ich ihr sogar von meinem Händchenhalten mit dem fremden Austauschschüler bei der Halloweenparty erzählte.

Zu meinem Erstaunen hörte meine Mutter geduldig zu.

„Ich wusste, dass mit der Bowle was im Busch war", sagte sie.

Dann erzählte sie mir von dem schrecklichsten Liebeskummer, den sie jemals erlebt hatte, als mein Vater sie ohne Vorwarnung verließ. Und wie sie fast daran zerbrochen wäre.

„Zeit heilt allerdings wirklich alle Wunden, auch wenn Narben bleiben. Aber es wird besser, das verspreche ich dir. Es ist immer wichtig, ehrlich zu sein und zu sagen, was man denkt. Du hättest Luis auf Rosi ansprechen können. Und ihn eifersüchtig zu machen, war keine gute Idee. Ich finde seine Reaktion sogar nachvollziehbar. Auch wenn es mir für dich leidtut."

Okay, der emotionale Mutter-Tochter Moment war ja mal sowas von beendet.

„Wenn Bianca nicht völlig geisteskrank Gift in die Bowle gemischt hätte, dann wäre Luis nicht gegangen!", protestierte ich.

„Ich glaube, du projizierst deine Fehler auf sie. Das war nicht korrekt von ihr, und vielleicht war es der Tropfen, der das Fass für Luis zum Überlaufen gebracht hat. Aber voll war das Fass schon bis zum Rand!"

„Ohne Bianca wäre das Fass nie übergelaufen! Das beweist doch, dass sie an allem schuld ist!"

Ich hustete. Meine Stimme war nicht in der Lage, laut zu werden, ohne vor Heiserkeit zu quietschen.

„Du solltest dich jetzt ausruhen und endlich den Tee trinken. Und weißt du, was mir immer sehr geholfen hat?"

Ich schüttelte den Kopf. Jetzt kommt sicher noch ein ekliges Kräuterrezept, oder Halswickel mit Quark. Bäh.

„Alles aufzuschreiben. In Form eines Briefs. Den musst du auch nicht abschicken, derjenige muss nie davon erfahren. Das hilft, die schlimmsten Gedanken und Gefühle loszuwerden."

Och nö. Ich nehme doch lieber den Quarkwickel, einmal ums Herz gebunden, dachte ich.

Meine Mutter war gnädig mit mir und ich konnte noch ein paar Tage zu Hause bleiben. Immer wieder dachte ich über ihren Rat nach, einen Brief zu schreiben. Aus meinem Nachttisch kramte ich mein altes Tagebuch, in das ich nur schrieb, wenn es mir wirklich schlecht ging. Die Zeit, schöne Dinge aufzuschreiben, nahm ich mir nie.

Ich klappte den verstaubten Schinken auf.

Der Einband war mit dutzenden Glitzer-Aufklebern verziert. Mein Tagebuch reichte einige Jahre zurück, und ich las mich darin fest.

Ein bisschen Schmunzeln musste ich ab und zu schon, welche Probleme ich vor ein paar Jahren als schlimm empfunden hatte.

Das war nichts im Vergleich dazu, wie es jetzt war! Ich schnappte mir einen Kugelschreiber und begann, ein paar Worte zu schreiben. Am Anfang kam ich mir richtig blöd und komisch vor. Mit jedem geschriebenen Wort fielen mir noch viel mehr Dinge ein, die ich unbedingt loswerden musste.

Wie unverschämt Bianca gewesen war, wie gemein Rosi Rosenberg war (ich nannte sie der Teufel in meinem Tagebuch und skizzierte sie auch als hässlicher Teufel) und wie fies Luis sich verhalten hatte.

Durch meine unbändige Wut drückte ich den Kugelschreiber so sehr aufs Papier, dass es an einigen Stellen riss. Aber das war mir egal. Am liebsten hätte ich es alles verbrannt. Das tat ich meiner Mutter zu Liebe aber nicht, da wir in einem Fachwerkhaus wohnten.

Ich riss die geschriebenen Seiten aus dem Tagebuch und zerfetzte sie in kleine Stückchen. Vor allem das Zerfetzen von meiner Rosi-Teufel-Skizze machte mir besonders Spaß.

Ein paar Minuten später fühlte ich mich schrecklich elendig.

War ich wirklich so gemein?

Mein Kopf glühte, zu allem Übel bekam ich wohl noch Fieber.

Ich checkte mein Handy. Luis hatte mir natürlich nicht geschrieben. Dass ich immer noch auf eine Nachricht von ihm wartete, kam mir fast schon lächerlich vor. Sollte ich ihm schreiben?

Ich öffnete den Chat und zögerte. Dann schloss ich den Chat wieder und weinte.

Mein Handy piepte. Toni hatte mir geschrieben.

„Bianca ist zu stolz sich zu entschuldigen. Und du vermutlich auch. Könnt ihr das irgendwie hinkriegen? Es nervt."

Ich zuckte mit den Schultern und ignorierte die Nachricht.

KAPITEL ZEHN

Meine Nase und mein Hals erholten sich von der Erkältung recht gut, nicht aber mein Herz.

Jeden Tag weinte ich stundenlang, stellte mir die edelsteingrünen Augen von Luis vor und weinte dann noch mehr.

Ich schob den Vorhang vor meinem Fenster vorsichtig zur Seite und lugte nach draußen. Tatsächlich hatte ich tagelang nur in der Wohnung gehockt und Trübsal geblasen.

Das graue, nasse Herbstwetter hatte sich zu einem goldenen Herbst gemausert.

Die grellen Sonnenstrahlen wirkten auf mich fast schon verstörend. Alles, was danach geschah, war irgendwie eine Art Eingebung.

Ich fasste mir ein Herz, schnappte mir meine Wanderschuhe und einen Rucksack und lief nach draußen.

Ein kleiner Spaziergang würde schon nicht schaden. Vor unserem Laden atmete ich die kühle Herbstluft ein. Ich fühlte mich, als würde ich von einer einsamen Insel wieder in die normale Welt gehen.

Der Trubel der Einkaufsstraße, die vielen Menschen, Fahrräder, Tüten und Hunde, das war das pure Leben!

Ich schaute in den blauen Himmel und stiefelte los. Wohin, das wusste ich noch nicht genau. Aber erstmal raus aus dem Stadttrubel.

Nach ein paar Schritten überlegte ich, wohin ich gehen sollte. Ich wollte nicht nur spazieren.

Ich wollte mir einen Überblick über meine vertrackte Situation schaffen und Abstand gewinnen.

Wo konnte man das besser, als auf dem Schloss?

Am Anfang war ich hochmotiviert, den ganzen Weg zum Schloss zu Fuß zu gehen.

Mit jedem Meter Steigung mehr, bereute ich diese Entscheidung jedoch.

Alle Nase lang blieb ich stehen um Luft zu holen. Dutzende Touristen, darunter meistens Rentner, überholten mich schmunzelnd.

„Ich war erkältet!", murmelte ich.

„Die Jugend von heute ist so verweichlicht", brabbelte ein alter Mann, der mich schnellen Schrittes überholte.

„Ich war erkältet!", sagte ich erneut.

Mit gehörigem Seitenstechen erreichte ich schließlich das große Schlosstor.

Ehrfürchtig schaute ich nach oben und nahm dann die steinerne Treppe, die durch einen gepflasterten Tunnel und schließlich zum Schlossvorplatz führte.

Ich liebte den Durchgang durch den kurzen Tunnel, denn er fühlte sich so richtig geschichtlich alt an.

Meine Schritte hallten und mein Atem wurde ebenfalls von den vielen gemauerten Steinen lauter.

Das Licht am Ende des Tunnels war die Sonne, die einen goldenen Herbst bescherte.

Ein paar Meter später war ich endlich auf dem Schlossvorplatz angelangt.

Mein erster Blick galt dem malerischen Schloss, dessen Anblick mich jedes Mal wieder begeisterte und mich wie eine Prinzessin fühlen ließ.

Dann schritt ich durch den mit Rosen bewachsenen Weg zur Schlossmauer.

Die Schlossmauer war ungefähr hüfthoch und so tief, dass man sich richtig darauf aufstützen und anlehnen konnte. Ich lehnte mich etwas über die dicken Steine, um den Blick auf den Harz noch besser genießen zu können.

Jedes Mal, wenn ich hier oben stand, bereute ich es, nicht viel öfter hier hoch zu gehen. Die Berge in der Ferne, die kleinen Häuschen unserer Stadt, und die vom Herbst bunt gefärbten Bäume sahen einfach nur wunderschön aus.

Ich verweilte einen Moment an der Mauer und ließ meinen Blick sowie meine Gedanken schweifen.

Ob Luis wohl gerade in einem dieser Häuser war? Vielleicht mit Rosi?

Ich setzte mich auf eine Bank und beobachtete die Touristen, die sich das Schloss anschauten. Eine Schulklasse, die wohl gerade auf Klassenfahrt im Harz war, stürmte den Vorplatz.

Einige Schüler warfen Cent-Münzen in den Springbrunnen, der in der vorderen Mitte des Platzes stand.

Ich beobachtete drei Mädchen, die wohl beste Freundinnen zu sein schienen.

Nacheinander versuchten sie, die kleine Froschfigur auf dem Brunnen zu küssen, ohne sich die Haare nass zu machen.

Sie kicherten und fotografierten sich gegenseitig, bis der Lehrer sie vom Brunnen wegholte.

Schlagartig musste ich an Toni und Bianca denken. Auf die Idee, den Frosch vom Brunnen zu küssen, waren wir noch nie gekommen.

Was für eine dumme Aktion!

Dann dachte ich an all die komischen Ideen und Unternehmungen, die wir zu dritt schon verzapft hatten. Gut, die Idee mit dem Frosch hätte auch von uns stammen können.

Meine Gedanken stimmten mich traurig.

War es mit der Harzer Hexenclique endgültig vorbei?

Plötzlich fielen mir die Worte meiner Mutter ein. Sollte ich Bianca einfach einen Brief schreiben?

Ich könnte ja erstmal meine Gedanken sammeln, dachte ich.

In meinem Rucksack fand ich leider weder Stift noch Papier, lediglich meine Geldbörse.

Ich beobachtete die Schulklasse, wie sie im Museumsshop des Schlosses Souvenirs kauften.

Schnurstracks mischte ich mich unter sie.

Der Shop hatte eine royale Atmosphäre.

Unter den steinernen Torbögen konnte man prinzessinnenhaften Schmuck, Postkarten, Kinderbücher und Ritterfiguren kaufen.

Ich stöberte etwas und fand schließlich goldenes Briefpapier mit Kronen darauf und einen Kugelschreiber, auf dem kleine, goldene Krone befestigt war.

Perfekt!

Die Preise waren echt teuer, aber das war wohl der Königs-Aufschlag.

Ich ging zur Kasse und zückte mein Portemonnaie.

„Bist du nicht die Lütte von Margot?", fragte der Verkäufer mich.

Ich schaute ihn fragend an. Mir kam er nicht bekannt vor.

„Meinen Sie meine Mutter?"

„Julia, oder?"

„Jules, heiße ich."

„Natürlich, die kleine Jules. Als Kind warst du oft mit deiner Mutter auf dem Schloss", erzählte er.

Ich nickte, auch wenn ich mich nur dunkel daran erinnerte.

„Willst du das Schloss auch besichtigen?"

Der Blick in meinen Geldbeutel verriet, dass ich das nicht wollte. Der Verkäufer machte „Pssst" und seine winkende Handgeste hieß wohl, dass ich näher zu ihm herankommen sollte.

„Ich lass dich umsonst rein, ausnahmsweise", flüsterte er und drückte mir ein Ticket in die Hand.

Für das Briefpapier und den Stift musste ich aber leider doch bezahlen.

„Danke", murmelte ich.

„Grüß Margot! Ist sie eigentlich noch Solo?", sagte er, als ich ging.

Ich musste mir das Lachen verkneifen. Hatte mich der rundliche Verkäufer gerade wirklich in aller Öffentlichkeit gefragt, ob meine Ma noch zu haben war?

Sachen gibt's, dachte ich.

Mit dem Briefpapier, dem Stift und der Eintrittskarte bewaffnet, betrat ich das Schloss. Zunächst verweilte ich im Innenhof, in dem das Efeu die alten Mauern und Türme schmückte. Die Sonne schien herrlich und ich setzte mich auf eine Steintreppe.

Nachdem mich Dutzende Touristen fast umliefen, weil sie unbedingt das Schloss von innen sehen wollten, stand ich auf und begann ebenfalls die Rundtour.

Zunächst lief ich zur Schlosskirche.

Dort gab es einige rot gepolsterte Stühle, und ich fand einen ruhigen Platz.

Der Ort strahlte eine besondere Aura aus. Die Verzierungen in den Mauern, die hohen Decken, die riesige Orgel, all das hätte schon gereicht, um diese Kirche besonders schön zu finden.

Allerdings lag das Schloss sehr weit oben, und deswegen fühlte sich die Kirche noch göttlicher und dem Himmel näher an.

Auch, wenn ich seit dem Krippenspiel in der 5. Klasse nicht mehr wirklich in einer Kirche gewesen war.

Als ich erfahren hatte, dass ich bei meiner Jugendweihe genauso viel Geld, wie bei meiner Konfirmation bekommen würde, war das Thema für mich durch.

Nur kirchlich heiraten, das wäre toll!

Meine Gedanken kreisten wieder um Luis und ich wurde traurig. Ob Gott enttäuscht war, weil ich damals nur die Jugendweihe gemacht hatte, um mir eine Stereo-Anlage zu kaufen?

Konnte ich ihn trotzdem um etwas bitten, also falls es ihn gab?

Ich kam zu dem Schluss, dass es nicht schaden könne, ein paar Gebete zu sprechen.

In meinen Gedanken bat ich Gott und den Himmel, mir Luis zurück zu geben. Und ich bat um mehr Taschengeld, in der heutigen Zeit war meins wirklich eine Zumutung.

Zufrieden verließ ich die Schlosskirche und wandelte weiter durch das Museum.

Ich bewunderte die königlichen Möbel und goldenen Stofftapeten.

Das Wandeln über die quietschenden Holzdielen fühlte sich wirklich prinzessinnenhaft an!

Zwischendrin fand ich immer mal wieder eine Bank und begann, einen Brief an Luis zu schreiben.

Am Anfang kam ich mir komisch vor und wusste nicht, was ich schreiben sollte.

Die Touristen machten ganz schön viel Lärm und auch die Schulklasse hatte mich eingeholt.

Mit jedem Wort, das ich schrieb, blendete ich die Umgebungsgeräusche mehr aus.

Ich konzentrierte mich auf das, was ich schreiben wollte. Ich schilderte einfach meine Gedanken und Gefühle, und zwar angefangen bei der ersten Begegnung mit Rosi bis zur Eskalation auf der Party.

Ich wusste nicht, ob dieser Brief irgendwas ändern würde, oder ob ich ihn Luis jemals geben sollte.

Es fühlte sich gut an, meine Gedanken wirklich zu ordnen.

Als ich die drei Mädchen der Schulklasse dabei beobachtete, wie sie versuchten, den Helm einer Ritterrüstung aufzusetzen (das würde mehr als Hausverbot geben), fasste ich mir ein Herz und schrieb einen Brief an Bianca.

Auch hier schilderte ich einfach meine Wahrnehmung der Dinge.

Allerdings ohne mich zu entschuldigen!

Lediglich einen Satz verfasste ich darüber, dass ich es schade fände, wenn unsere Freundschaft zu Ende wäre. Zufrieden klappte ich den Briefbogen zusammen, petzte dem Museumshop-Verkäufer die Sache mit dem Ritterhelm und lief mit müden Beinen nach Hause.

Nachdem ich den Brief bei Bianca gegenüber eingeworfen hatte, holte ich mir eine große Tasse „Heil-Hexe" bei meiner Mutter ab und erzählte ihr vom Baggerversuch des Museumstypen.

Sie lachte nur.

KAPITEL ELF

Als ich am nächsten Morgen, einem Sonntag, die Zeitung aus dem Briefkasten holen wollte (meine Mutter erwartete mal wieder die Zeitung des Esoterikgroßhandels), staunte ich nicht schlecht.

Neben der Zeitung fiel ein weißer Zettel in Form eines Hexenbesens aus dem Kasten.

Ob das Biancas Antwort auf meinen Brief war? Ich schaute mir den Zettel von allen Seiten an, doch ich fand kein einziges Wort darauf.

Was hatte das zu bedeuten? Beim Frühstück mit meiner Ma grübelte ich weiter über den Zettel.

Was sollte ein weißer Hexenbesen bedeuten? War es ein Code für irgendwas?

Hatte Bianca mich etwa verflucht? War der Zettel vergiftet?

Ich googelte „weißer Hexenbesen im Briefkasten", fand aber keinen Eintrag.

Als meine Mutter mir die dritte Tasse „Harzer Heilhexe" eingoss, bemerkte sie den komischen Zettel.

„Übst du Zitronenschrift?", fragte sie.

So langsam dämmerte es mir.

Die gelben Flecken auf dem weißen Blatt sahen tatsächlich nach Zitronensaft aus.

Ich hielt den Hexenbesen über eine Kerze, und wie von Zauberhand kamen Buchstaben zum Vorschein.

Da hatte sich unsere Lieblingshexe ja wirklich was ausgedacht.

„10 Uhr Brunch bei Bianca", las ich.

Ich schaute auf meine Armbanduhr.

Das war in fünf Minuten!

Meine Mutter war einsichtig und ließ mich gehen. Ich schnappte mir meine Jacke, meinen Schal und huschte über die Straße zu Bianca.

Biancas Vater, der Outdoor-Wagner, lief mir entgegen.

Er trug einen grünen Anzug mit roter Krawatte.

„Einen wunderschönen guten Tag die Dame!", säuselte er und hielt mir die Wohnungstür auf.

„Morgenstund hat Gold im Mund, sage ich ja immer! Die großen Fische beißen morgens besser, auch die geschäftlichen!"

Er fiel in schallendes Lachen. Ich nickte und war froh, als er weg war. Meine Jacke hing ich auf die Garderobe und schaute dann in den leeren Flur.

Eine Sekunde später stürmten Bianca und Toni auf mich zu.

„Da ist sie ja!", schrie Bianca und umarmte mich. Ich zuckte erschrocken zusammen.

„Wir haben Wetten abgeschlossen, ob du klug genug bist, das Rätsel mit der Zitronenschrift zu lösen", erklärte Toni.

„Na hört mal, ich geh gleich wieder", meckerte ich.

Bianca zog mich in die Küche, in der sie ein reichhaltiges Büffet aufgetürmt hatte.

„Wie bist du denn darauf gekommen, das Rätsel zu lösen?", wollte Toni wissen und setzte sich an den riesigen Küchentisch.

Im Hause Wagner lebte man auf großem Fuß. Bianca schenkte ihr Kakao ein.

„Ich bin ganz alleine draufgekommen", log ich und versuchte, das Thema zu wechseln.

„Ich bin froh, dass ihr euren Streit beenden konntet", sagte Toni und schnappte sich ein Schokocroissant.

„Haben wir das?", fragte ich vorsichtig.

„Naja, du hast einen ausführlichen Brief geschrieben, in dem du zwar deine Position erklärst, dich aber nicht entschuldigst", meinte Bianca ernst.

„Ich wollte mich auch nicht entschuldigen", murmelte ich empört.

„*Ich* jedenfalls habe eingesehen, dass ich mit der Bowle eventuell ein kleines bisschen zu weit gegangen bin."

„Eventuell", wiederholte Toni sie.

„Und wie das mit Luis lief, tut mir auch leid. Aber als Hexe lasse ich mich nicht beschimpfen. Das ist wohl mein ererbtes Schicksal."

Bianca rührte traurig in ihrem Kakao rum. Dann schnappte sie sich eine Dose Sprühsahne und zauberte ein beachtliches Häufchen Sahne auf den Kakao.

„Ja, das tut mir dann vielleicht doch leid", murmelte ich in meinen nicht vorhandenen Bart.

„Vielleicht", wiederholte Toni.

Bianca sprang begeistert auf.

„Entschuldigung angenommen!", sagte sie und sprühte mir ebenfalls eine Tonne Sahne auf den Kakao.

„Lass für mich auch noch was übrig!", beschwerte Toni sich.

Eine ganze Weile schlugen wir uns die Bäuche mit Biancas Leckereien voll.

Sie hatte diesmal auf „hexische" Snacks verzichtet.

Es gab keine Sternenkekse, Minihexenbesen oder quietschbunte Hexentränke.

Stattdessen reichte sie Schokocroissants, Baguette mit Kaviar, Lachshäppchen, Mini-Burger, Antipasti und Milch mit Cornflakes.

Eine wilde Mischung. Und eine Freikarte für Bauchschmerzen.

„Bist du eigentlich wieder gesund?", wollte Toni wissen.

„Ja, schon", meinte ich.

„Wir dachten schon, du kommst nie wieder in die Schule", sagte Bianca.

„Ist mit Luis wieder alles gut?", ergänzte sie.

Ich stellte meinen halbleeren Teller weg und begann zu weinen.

Die Tränen kamen einfach, wenn ich jemand Luis ansprach. Ich konnte nichts dagegen tun.

„Es tut mir so leid", meinte Bianca und umarmte mich.

„Wir haben keinen Kontakt mehr, seit er weggegangen ist, und ich traue mich auch nicht ihm zu schreiben und er schreibt mir ja auch nicht und es ist wohl vorbei bevor es angefangen hat, ich werde nie wieder jemanden kennenlernen der so gut zu mir passt wie Luis".

Jetzt heulte ich wie ein Schlosshund. Toni reichte mir eine goldene Serviette.

„Ach Mausi", sagte Bianca und reichte mir ebenfalls eine Serviette.

Wir ließen den Küchentisch wie ein Schlachtfeld zurück und verzogen uns in Biancas Zimmer. Ich schmiss mich auf ihr riesiges Himmelbett und Toni gesellte sich dazu.

„Ich kann dich jetzt besser verstehen, dass du deine Wut auf mich projiziert hast. Wenn man Liebeskummer hat, macht man Dinge, die man eigentlich nicht möchte", erzählte unsere Lieblingshexe.

„Du bist damals einfach weggelaufen", lachte Toni.

Bianca und ich schauten sie mit einem Todesblick an.

„Ich brauchte nur etwas Abstand zur Situation."

„Ich weiß nicht, wie das ist, ich hatte noch nie Liebeskummer", meinte Toni Achseln zuckend.

„Es fühlt sich an, als würde man sterben", berichtete Bianca.

„Du bist ja noch nicht gestorben, wie sollst du da wissen, wie sich das anfühlt?", warf Toni ein.

„Es ist jedenfalls sehr schmerzhaft, also emotional. Man denkt immer nur an diese Person und ist fast schon besessen davon. Man fühlt sich todtraurig und ist felsenfest davon überzeugt, dass man nie wieder glücklich werden kann, wenn man ohne diese Person leben muss."

Ich schluchzte, während ich Biancas Ausführungen lauschte.

Ich bewunderte ihre Reflektiertheit.

„Aber das stimmt nicht. Das Gefühl geht vorüber. Und irgendwann findet man sich selbst lächerlich. Dann ist man sogar froh, dass man nicht mehr mit dieser Person zusammen ist, weil eine viel bessere Person auf einen wartet."

Eine Person, die besser sein sollte, als Luis?

Das konnte ich mir beim besten Willen nicht vorstellen.

„Und was hilft, damit man zu dieser Erkenntnis kommt?", fragte Toni.

Sie schien, als wolle sie sich bestmöglich auf Liebeskummer vorbereiten.

„Ablenkung, Schokolade, Freunde treffen und diese Peel-Off Gesichtsmasken haben mir geholfen!"

Bianca strahlte.

„Naja, und natürlich Anti-Liebeskummer-Zauber. Aber von dem Thema wollte ich euch ja erstmal verschonen."

Ich trocknete mir die Tränen und setzte mich auf.

„So eine Gesichtsmaske würde ich mal probieren", meinte ich.

Bianca holte drei kleine Pakete aus ihrer Kommode und drückte uns je eine Maske und einen kleinen Spiegel in die Hand.

„Ich habe keinen Liebeskummer, niemals", sagte Toni.

„Das hilft sicher auch vorbeugend", sagte ich. Wir kneteten die flachen Pakete und trugen dann eine pechschwarze Masse auf unsere Gesichter.

„Das ist originalverpackt, und nicht irgendwie von dir gepanscht?", fragte Toni skeptisch, als sie den beißenden Geruch der Masken wahrnahm.

Bianca rollte mit den Augen und trug ihr mit geschickten Handgriffen die Maske auf.

Wir legten uns nebeneinander aufs Bett und ließen die Masken einwirken. Mit jeder Minute spannte mein Gesicht mehr. Die Maske zog einem alles zusammen.

„So muss sich Botox anfühlen", lachte ich.

„Siehst du, es hilft schon, du lachst ja!", grinste Bianca, soweit sie unter der steinernen Maske grinsen konnte.

Etwas später pellten wir die Masken wie eine zweite Haut ab.

„Den Liebeskummer pellst du gleich mit ab!", meinte Bianca wohlwollend und schmunzelte. Wenn das so einfach wäre…

„Ein bisschen besser fühle ich mich schon", gab ich zu.

„Jetzt, wo wir uns wieder vertragen haben, kann ich euch ja von meinen Plänen berichten!"

Bianca setzte sich im Bett gerade auf. Wir hörten gespannt zu.

Was kam jetzt?

Eine neue Idee, Menschen zu vergiften?

„Ihr wisst ja, dass die Stammbaumanalyse ergeben hat, dass meine Vorfahrin eine Hexe war", begann sie.

„Oh Mist, habt ihr eigentlich daran gedacht, dass wir nächste Woche unseren Vortrag über Hexenverbrennung halten müssen?"

Toni riss erschrocken die Augen auf. Auch ich hatte den Vortrag bei all dem Liebeskummer und dem Streit vergessen. Und ich hatte gehofft, dass sie ihn schon ohne mich gehalten hatten, während ich krank zu Hause geblieben war.

„Ich habe mit dem Fuchs gesprochen. Er hat den Vortrag verschoben", meinte Bianca.

„Gott sei Dank", seufzte ich.

„Wie ich den Fuchs kenne, hat er den Vortrag doch nicht grundlos verschoben."

Toni runzelte die Stirn.

„Darüber wollte ich ja mit euch reden. Ich möchte mich auf die Spuren von Grete Wroist begeben."

„Grete wer?"

Toni schaute sie fragend an.

Auch ich verstand nur Bahnhof.

Unsere Lieblingshexe stand auf, öffnete ihren Kleiderschrank und nahm eine große Rolle aus aufgewickeltem Papier heraus.

Ein paar Kleidungsstücke fielen ebenfalls aus dem sehr chaotischen Schrank, sie kickte sie mit dem Fuß wieder hinein und schloss die hölzernen Schranktüren.

„Wenn ich euch vorstellen darf, mein Stammbaum!", sagte sie triumphierend und rollte das Papier vollständig auf.

Die schwere Papierbahn glitt bis zum Boden.

„Das sind mal viele Buchstaben", bemerkte Toni und auch ich staunte.

In vielen kleinen Kästchen waren eng geschriebene Namen, Geburts- und Sterbedaten sowie Berufe zu lesen. Toni stand aus dem Bett auf und hockte sich auf den Boden. Mit dem Kopf dicht über dem Boden studierte sie den Stammbaum.

„Bianca Felicita Wagner", las sie.

„Aber hier steht gar kein Sterbedatum."

„Offensichtlich lebe ich ja auch noch", meckerte Bianca.

„Du hast einen zweiten Vornamen? Das wusste ich ja gar nicht!", staunte ich.

„Das soll auch keiner wissen."

„Ach hier steht dein Vater, und deine Mutter direkt daneben. Achja, hier steht ja auch, verheiratet. Da sind so kleine Ringe als Symbol. Niedlich. Dann ist das deine Oma, und die Oma dieser Oma, und deine Tante. Und die Oma der Oma von der Oma findet man auch noch."

Toni gab sich als spontane Stammbaumexpertin aus.

„Und umso höher man schaut, umso mehr geht es in die Vergangenheit. Und hier oben, da steht Grete Wroist", erklärte Felicita alias Bianca.

„1540?"

Auch ich hatte mich mittlerweile aus dem Bett geschält und den Stammbaum betrachtet.

„Ja, sie ist 1540 gestorben. Sie wurde mit weiteren 9 Frauen in Elbingerode verbrannt."

Einen Moment lang war es totenstill.

„Deswegen möchte ich auf ihren Spuren wandern."

Bianca schaute uns entschlossen an.

„Herr Fuchs ist begeistert davon. Das ist gelebte Geschichte, hat er gesagt. Wir haben anhand von ganz alten Geschichtsbüchern, die man nur mit Handschuhen anfassen darf, eine Route geplant. Also er durfte diese Bücher anfassen, er war extra im Landesarchiv von Sachsen-Anhalt."

„Ja dann viel Erfolg bei der Wanderung", meinte Toni trocken und schmiss sich wieder aufs Bett.

„Das ist immer noch eine Gruppenarbeit", meckert sie zurück.

„Elbingerode ist nicht so weit weg, 10 Kilometer oder so. Da fährt sogar ein Bus hin. Nach zwei Stunden sind wir längst zurück", sagte ich und schaute in meinem Handy den Busfahrplan nach.

„Ihr habt mich nicht richtig verstanden, ich möchte auf ihren Spuren wandern. Dabei muss man sich Zeit lassen. Und da es Busse um 1540 noch nicht gab, würde das alles kaputt machen. Außerdem werden wir dort übernachten."

„Wo?"

Ich zog meine Augenbrauen hoch.

(Und dachte dabei fast nicht an Luis…)

„In Elbingerode. Dort, wo Grete verbrannt wurde. Nachts ist man den Toten näher."

Bianca schien sehr entschlossen.

„Ich dachte, wir hatten genug gruselige Stimmung an Halloween gehabt", murmelte ich.

„Herr Fuchs will, dass wir mutterseelenallein im Dunkeln zelten?"

Toni war skeptisch. Ich auch.

„Nein, das ist nur mein persönlicher Wunsch." Wir rollten mit den Augen.

„Um 1540 gab es aber schon Pferde, und Grete hatte bestimmt auch welche. Lasst uns wenigstens einen schönen herbstlichen Wanderritt daraus machen!"

Toni strahlte.

„Schätzt du Biancas Reitkünste als ausreichend dafür ein?", flüsterte ich ihr zu.

„Nein, aber zu Pferd sind wir schneller und müssen nicht auf einem Friedhof übernachten", flüsterte sie zurück.

„Ich denke auch, dass Grete mit Pferden aufgewachsen ist", sagte ich überzeugt.

KAPITEL ZWÖLF

Nachdem ich erst spät abends von Biancas „Brunch" zurückgekehrt war, packte mich erneut der Liebeskummer.

Ich holte meinen Rucksack, weil ich den Brief für Luis anschauen wollte. Ich musste noch ein bisschen daran herumfeilen.

Ich durchwühlte jedes Fach der Tasche, aber ich fand keinen Brief. In meinen Gedanken ging ich durch, wie ich den Brief auf dem Schloss geschrieben hatte. Zweifellos hatte ich beide Briefe in meinen Rucksack gesteckt!

Oder hatte ich den Brief an Luis auf dem Schloss verloren?

Nicht auszudenken, was passieren würde, wenn jemand Fremdes den Brief lesen würde. Ich dachte noch schärfer nach und kam darauf, dass ich eventuell beide Briefe in Biancas Briefkasten geworfen haben könnte. Ich schrieb ihr eine kurze Message und fragte nach.

„Bis auf deinen Brief und eine Unternehmerzeitschrift war an diesem Abend nichts im Briefkasten", tippte sie zurück.

Mist. Doppelmist.

Außerdem hätte Bianca mich längst mit dem Brief an Luis aufgezogen oder ihn zumindest ausgeräuchert, damit er mehr Wirkung zeigen würde.

Wütend nahm ich meinen Rucksack und schüttelte ihn sehr rabiat kopfüber aus.

Eine nicht unerhebliche Menge Brötchenkrümel und Schokoriegelverpackungen rieselten auf meinen Teppich. Auch ein benutztes Taschentuch und längst verloren geglaubte Kopfhörer (okay, das war ein ziemlich cooler Nebeneffekt meiner Wut).

Allerdings KEIN BRIEF.

Ich musste ihn irgendwo verloren haben. Traurig malte ich mir aus, wie ein Fremder den Brief finden würde, und sich darüber lustig machte.

Andererseits, ich hatte ja nur „Luis" darauf geschrieben. Keinen Nachnamen, keine Adresse.

So gesehen konnte man den Brief nur zuordnen, wenn man Luis wirklich kannte und wusste, dass er auf einer Halloweenparty gewesen ist. Aber was, wenn der echte Luis den Brief auf dem Schloss oder auf dem Weg dorthin finden und lesen würde?

Ich wollte auf gar keinen Fall, dass er meinen Heulbrief las.

Mit einem Tag Abstand kam mir der Brief nur noch lächerlich und kindisch vor.

Welchen Grund könnte Luis haben, aufs Schloss zu gehen? Vielleicht, weil er noch ein Video für seinen Vater drehen würde?

Anderseits hatte er das Schloss schon abgedreht. Oder machte er manchmal einen Spaziergang dorthin? Mit Rosi?

Ich zerbrach mir den Kopf über jede mögliche Gelegenheit, wägte die Wahrscheinlichkeiten ab und berechnete noch das feuchte Herbstwetter mit ein. Ich googelte sogar, wie schnell sich Papier in der Umwelt zersetzte.

Mit dem einzigen Ergebnis, dass ich mit höllischen Kopfschmerzen einschlief.

Wir, die Harzer Hexenclique, trafen uns am nächsten Nachmittag am Stall, um den Wanderritt zu planen.

Toni hatte die Stallbesitzer gefragt, ob wir die Ponys ausleihen könnten, und sie hatten zugestimmt. Da Toni den Laden quasi am Laufen hielt, schlugen sie ihr keinen Wunsch aus.

Es sprach also nur noch eine kleine Sache gegen den Ritt: Biancas nicht vorhandene Reitkünste.

„Wie bekommen wir denn die Zelte auf die Ponys?", wollte sie wissen. Sie stand mal wieder mit gehörigem Abstand zu den Pferden an der Koppel.

„Zelte?"

„Wir hatten uns doch auf eine Übernachtung geeinigt", erklärte Bianca sich.

„Elbingerode liegt irgendwie 11 Kilometer entfernt", murmelte Toni.

Ich beobachtete die beiden und grinste. Diese Diskussion konnte länger dauern.

„Wie schnell läuft denn so ein Pferd?"

Unsere Lieblingshexe beäugte die Beine der Ponys.

„Naja, im Schritt vielleicht etwas schneller als ein Wanderer", überlegte Toni.

„Für Stiefel gilt das nicht, der kennt nur Bummelschritt", fiel ich ihr ins Wort.

„Im Trab vielleicht so das doppelte, und im Galopp natürlich am schnellsten", meinte Toni.

Bianca zückte ihr Smartphone und öffnete die Suchmaschine. Stiefel stupste ihre Hand sanft an, da sie sich an den Koppelzaun gelehnt hatte.

„Nein, lass das", sagte sie erschrocken.

„Das kann ja heiter werden", flüsterte Toni genervt.

„Bis zu 35 Kilometer pro Stunde kann so ein Gaul rennen! Das ist ja furchtbar!"

Toni und ich lachten.

„Eigentlich ist das ziemlich cool", meinte ich und streichelte Stiefel an der Blesse.

„Nehmen wir mal an, dass wir hauptsächlich Schritt und ab und zu Trab reiten", begann Toni. Bianca packte ihr Handy weg und hörte ihr aufmerksam zu.

„Dann sind wir in einer guten Stunde in Elbingerode", lachte sie.

Bianca fand das nicht komisch.

„Trotzdem sollten wir dort übernachten. Der Vollmond verbindet mich sicher am meisten mit Grete."

„Unabhängig von deinen Vollmondfantasien, du musst vorher reiten üben", sagte Toni streng.

„Ich muss gar nichts", jammerte Bianca.

„Streitet euch nicht. Toni hat Recht. Das letzte Mal, als du auf einem Pferd gesessen hast, bist du panisch weggerannt", meinte ich.

Meine Worte wirkten nicht gerade deeskalierend.

„Ja, weil Stiefel da wie ein wild gewordenes Wildtier rumgerannt ist, ohne dass ich es wollte", sagte Bianca und verschränkte die Arme.

„Ich verspreche dir, dass Stiefel sich heute nicht erschreckt. Wir gehen auf den Reitplatz und führen ihn im ganz langsamen Schritt. Du setzt dich einfach drauf und genießt es. Wenn wir ihn an der Hand nehmen, kann er auch weniger ausweichen und sich erschrecken", erklärte Toni.

Unsere Lieblingshexe murmelte etwas von leeren Versprechungen, Höllenqualen und Todessport.

Dann riss sie sich jedoch zusammen und befolgte Tonis Anweisungen. Sie war wohl bereit, einiges zu geben, um ihre Hexenmission zu erfüllen.

Nachdem wir Stiefel geputzt hatten und er ein weiches Reitpad auf den Rücken bekam, führten wir ihn auf den Reitplatz. Die Herbstsonne zeigte sich von ihrer besten Seite und ich genoss den Ausblick auf die bunten Laubbäume.

Wir halfen Bianca dabei, sich auf Stiefel zu schwingen und liefen dann über den Platz.

„Siehst du, er macht ganz brav nur das, was wir wollen", erklärte Toni und zeigte, wie Stiefel ihr einfach hinterherlief.

Wenn sie schneller ging, setzte er die Hufe genauso schnell voreinander.

Wenn sie stehen blieb, tat er das ebenfalls. Sogar rückwärts liefen die beiden.

„Von rückwärts reiten war keine Rede", sagte Bianca beunruhigt.

„Aber als Nächstes wollten wir rückwärts galoppieren!"

Unsere Lieblingshexe schaute Toni entgeistert an. Dann zappelte sie mit den Beinen und wollte absteigen.

„Beruhig dich, das geht gar nicht", meinte ich. Bianca atmete tief durch, blieb dann aber sitzen. Eine ganze Weile trotteten wir so über den Platz.

„Ich muss euch was erzählen", begann ich. Toni und Bianca schenkten mir ihre Aufmerksamkeit.

„Ich habe nicht nur einen Brief an Bianca geschrieben, als wir zerstritten waren. Sondern auch einen an Luis."

„Und den hast du abgeschickt?", wollte Bianca wissen.

„Was hat er geantwortet?"

„Nein, ich wollte ihn nicht abschicken. Das war nur eine Methode, um damit abzuschließen. Ein Anti-Liebeskummer-Tipp meiner Mutter."

„Dann ist doch alles cool", sagte Toni und führte Stiefel in eine kleine Volte.

„Eben nicht. Ich habe den Brief verloren."

„Bei deiner Ordnung kein Wunder, wenn ich da an deinen Nachttisch denke", lachte Toni.

Ich schaute sie böse an.

„Nein, der Brief muss mir abhandengekommen sein, als ich ihn auf dem Schloss geschrieben habe."

Bianca lächelte anerkennend.

„Mega die gute Idee, da oben fließen die Energien so schön", meinte sie.

„Jetzt habe ich total Schiss, dass Luis den findet." Betrübt schaute ich auf den Boden des Reitplatzes. Stiefel hatte schon einige Hufspuren in den lockeren Sand gezogen. Es staubte ganz schön.

„Es gibt bestimmt Tausende Menschen in Wernigerode, die Luis heißen", überlegte Toni.

„Wenn nicht Millionen!"

„Kann man denn vom Inhalt des Briefes auf unseren Luis schließen?"

In meinem Bauch rumorte es. Fast war mir, als würde ein Blitz durch meinen Magen schlagen.

Wie sie „unser Luis" gesagt hatte.

Als würde er noch zu uns gehören.

Als wäre er noch mein Freund.

„Ich denke schon", murmelte ich.

„Die Wahrscheinlichkeit, dass genau er den Brief findet, ist sehr gering. Und es hat die letzten Tage kräftig geregnet. Wer würde schon einen matschigen Brief aufheben und lesen?"

Tonis Worte beruhigten mich etwas.

„Es kann natürlich sein, dass die Energie des Briefes Luis anzieht. Gesetz der Anziehung, und so", überlegte Bianca.

Ich erschrak. War mein Brief etwa magisch?

„Ja, bestimmt. Nach der Logik wird die Post bald pleite sein, dann braucht es nämlich keine

Briefträger mehr", lachte Toni und fasste sich an den Kopf.

„Na ganz so funktioniert es natürlich nicht", murmelte Bianca.

„Weißt du, was genauso noch nicht funktioniert?"

Toni schaute unsere Lieblingshexe auffordernd an.

Dann überzeugte sie Bianca minutenlang davon, dass unsere Lieblingshexe auch im Trab auf Stiefel reiten sollte, damit unser Wanderritt klappen würde.

Mit angespanntem Gesicht und zugekniffenen Augen saß Bianca etwas später auf dem in Zeitlupe trabenden Stiefel.

„Es geht doch, sehr gut!", lobte Toni sie.

„Hast du das gesehen Jules? Das war mega schnell!", lachte Bianca.

„Ja, *megaaa* schnell", lachte ich zurück.

KAPITEL DREIZEHN

Die Tage vor dem Wanderritt waren wir damit beschäftigt, unseren Proviant und die Ausrüstung zu planen. Tatsächlich konnten die Ponys neben unserem Körpergewicht nicht noch unendlich mehr Last tragen. Also fiel unser Gepäck eher schmal aus.

Wir konnten die Stallbesitzer dazu überreden, uns etwas Essen, einen Campingkocher und ein Zelt nach Elbingerode mit dem Auto zu bringen.

Das war auch in ihrem Sinne, denn so würden sie die Verpflegung für die Ponys ebenfalls bereitstellen. Für meine Mutter übernachtete ich offiziell einfach bei Bianca, weil sie es niemals erlaubt hätte, alleine wild zu campen.

Sehr früh morgens trafen wir uns am Stall, um die Ponys vorzubereiten. Toni würde wie immer Merlin reiten, ich bekam die ruhige Haflingerstute Pineapple und Bianca natürlich Stiefel.

Frohen Mutes lief Bianca uns in nigelnagelneuen Reitsachen entgegen.

„Das sieht teuer aus", sagte Toni mit offenem Mund.

„Ich habe meinem Vater von unserem Vorhaben erzählt und er hat ein bisschen was springen lassen. Vielleicht nehmen wir zukünftig auch Reitsachen ins Programm von Outdoor Wagner", erzählte sie.

„Du sieht ein bisschen aus, als wärst du gepanzert", lachte ich.

Bianca trug einen Silber glänzenden Reithelm mit Belüftung, eine pink karierte Hose, polierte Lederstiefel und eine dicke Weste.

„Das ist die AirHorse 300", gab sie an.

„Ist das so eine Airbag Weste, die sich aufbläst, wenn man vom Pferd fällt?"

Toni schien sich auszukennen.

„Du sagst es. Damit kann mir gar nichts passieren. Wir können quasi ein Wettrennen veranstalten, ich werde weich wie auf Wolken landen", schwärmte sie.

Ich lachte ein bisschen. Der Wandel von Biancas panischer Angst zu Angeberei war ziemlich komisch.

Und auf dem dicken Pony Stiefel eine vollautomatische Airbag Weste zu tragen, schien leicht übertrieben.

„Bekommen wir das noch in die Satteltaschen?"

Bianca hielt einen Beutel in die Höhe, in dem irgendwas klimperte. Vermutlich wieder ihre Räucherschale. Widerwillig verstaute Toni den Beutel in Stiefels Satteltaschen.

Fachmännisch begutachtete Toni das Equipment unserer Ponys, zog hier und da die Sättel und Trensen fester und kontrollierte nochmal die Hufe auf kleine Steinchen.

Nachdem wir alle aufgeregt nochmal pinkeln gingen, stiegen wir auf und verließen in einem langsamen Schritt den Hof.

Mein Herz pochte aufgeregt. Das war mein allererster Wanderritt und fühlte sich so viel aufregender als ein normaler Ausritt an.

„Wo reiten wir eigentlich lang?", wollte ich wissen. Über die Route hatte ich mir überhaupt keine Gedanken gemacht.

„Ich habe ja gehört, dass heute eine Wanderkaiserin anwesend ist", witzelte Toni.

Warum musste sie eine Anspielung darauf machen, dass ich damals, um Luis zu beeindrucken, gelogen hatte, Harzer Wanderkaiserin zu sein?

„Spaß beiseite, ich fand die kürzeste Route nach Elbingerode ziemlich langweilig, und, nimm es mir nicht böse Bianca, einem Wanderritt unwürdig."

Bianca machte ein zischendes Geräusch mit ihrer Zunge.

„Deswegen habe ich eine quasi schlangenförmige Route geplant, bei dir ein paar Harzer Wanderstempel sammeln können."

„Ach deswegen sollten wir unsere Wanderhefte mitbringen!", sagte ich.

Toni holte ihr Smartphone aus der Jackentasche, auf dem sie die Route via GPS-Daten trackte. Sie ritt auf Merlin voraus, danach folgte Bianca und Pineapple bildete mit mir das Schlusslicht.

So folgten wir Toni im gemächlichen Tempo. Ich schaute in den Himmel und genoss die Sonne. Für die Jahreszeit war es noch angenehm warm, heute hatte es 12 Grad in der Sonne.

Die perfekte Temperatur für einen Wanderritt, nicht zu warm, und nicht zu kalt.

Es war so herrlich, dass ich fast meinen Liebeskummer um Luis vergaß. Aber nur fast. Wenn die Waldwege breit genug waren, ritten wir drei einfach nebeneinander. Bianca hatte noch ziemliche Probleme, die Richtung und das Tempo zu halten, aber auch darauf war Toni vorbereitet. Sie nahm Stiefel einfach als Handpferd. Ein langer Strick führte zu Stiefels Trense, sodass Toni ihn wie einen Cowboy im Griff hatte.

„Eigentlich ist Reiten ganz einfach", strahlte unsere Lieblingshexe. Dass sie eigentlich nur auf einem Schaukelpferd saß und nichts selbst machte, verkniff ich mir lieber zu sagen.

„Vielleicht werde ich ein Pferdemädchen, das wird meine neue Personality. Crazy Horse Girl, und so."

„Von einem Pferdemädchen bist du noch ziemlich weit entfernt", meinte Toni trocken.

Eine Weile ritten wir still nebeneinander her und genossen die Landschaft. Ein leichter Wind zog durch die dichten Bäume, die uns alle Farben des Herbstes präsentierten.

Es roch wunderbar nach Wald, ein bisschen nach Pilzen und auch der Ponyduft lag in der Luft.

Ab und zu schnaubte eines der Ponys. Auf dem Pferderücken ruhig durch den Wald geschaukelt zu werden, fühlte sich unglaublich geborgen an. Und aufregend zugleich.

„Für die beiden anwesenden Prinzessinnen habe ich eine Attraktion vorbereitet, die wir sogleich sehen werden!"
Toni mimte wirklich einen guten Fremdenführer.
„Ist das der Kaiserturm auf dem Armeleuteberg?"

Ich staunte. Hier war ich seit vielen Jahren nicht gewesen. Bianca kannte diesen Ort noch gar nicht, da sie ja erst vor einiger Zeit von Berlin nach Wernigerode gezogen war.

„Das sieht aus wie Rapunzels Turm", staunte unsere Lieblingshexe.

„War hier nicht mal ein Krankenhaus für Arme oder so?"

Ich erinnerte mich dunkel an eine Schulexkursion, die wir in der Grundschule zum Kaiserturm gemacht hatten.

„Ja, ein Hospital für Arme. Und 1902 wurde dann der Kaiserturm aus Harzer Granitsteinen zu Ehren Kaiser Wilhelm dem Zweiten gebaut", referierte Toni. Wir stiegen von den Ponys, banden sie an einen Baum und ließen sie grasen.

Dann liefen wir die steinerne Wendeltreppe des Turmes hinauf und genossen einen wunderschönen Blick, der bis zum Brocken reichte.

„Meint ihr, Grete hat sich auch immer auf diesen Turm gestellt?"

Bianca sah nachdenklich aus. In ihrer vollen Airbagmontur hätte man sie glatt für einen Ritter halten können.

„Denk nochmal scharf nach, Bianca, dann kannst du es dir selbst beantworten", lachte Toni.

„Ja vielleicht gab es ja früher einen ähnlichen Turm, oder so", murmelte Bianca nach einer Denkpause.

„Ich will jetzt einen Stempel für den Aufstieg bekommen", sagte ich ungeduldig.

„Der Stempel ist am Gasthaus Armeleuteberg. Vorher schauen wir uns aber noch den Gedenkstein von Dr. Georg oder so an."

Toni hatte alles im Griff. Wir führten die Ponys bis zur nächsten Station, um ihre Rücken zu entlasten.

„Dem Harzwanderer und Heimatforscher Dr. Georg von Gynz-Rekowski", las ich die Inschrift des Gedenksteins vor. Die alte Schrift war kaum zu entziffern.

„Kennt ihr den?"

Toni und Bianca schüttelten die Köpfe. Am Gasthaus holten wir uns die wohlverdienten Stempel und ritten weiter.

Bianca hielt sich wacker auf dem Pferderücken, auch wenn es mit jeder Minute anstrengender wurde. Selbst für mich, obwohl ich mich schon eher zu den erfahrenen Reiterinnen zählte. Toni schien die stundenlange Bewegung gar nichts auszumachen, mit jeder Minute wirkte sie noch euphorischer und energievoller.

Die Ponys fingen an zu schwitzen, da es stetig bergauf ging.

„Ladies and Gentlemen, now for you the one and only Scharfenstein!", prahlte sie.

Bianca und ich konnten uns das Lachen nicht verkneifen.

„Stell dir Toni als Lehrerin vor, wie sie auf der Klassenfahrt die Exkursionen leitet", giggelte unsere Lieblingshexe.

Ich kicherte, bewunderte dann aber die Felsklippe, die vor uns lag.

„Der Scharfenstein ist eine markante Felsklippe, die vier Kilometer nördlich des Brockens auf einer Höhe von 696 Metern liegt", las Toni aus ihren Reiseführernotizen vor.

„Eigentlich habe ich diese Station vor allem ausgewählt, weil wir hier eine gute Mittagspause machen können, an der Rangerstation. Wenn wir Glück haben, bekommen wir da auch was zu essen!"

Hintereinander ritten wir im langsamen Tempo zu einer brauen Blockholzhütte. Wir holten uns beim Imbissbetreiber die Erlaubnis, unsere Ponys auf seiner Wiese grasen zu lassen.

Zu unserem Erstaunen spendierte er sogar einen großen Eimer Wasser für unsere Pferde. Stiefel trank fast den ganzen Eimer aus, Merlin und Pineapple legten die Ohren an, weil sie auch Durst hatten.

„Ich bin mindestens so durstig wie Stiefel!", keuchte ich, setzte den Reithelm ab und fuhr mir mit der Hand über die verschwitzten Haare.

„Ich spendiere Cola und Pommes für alle!", sagte Bianca und stiefelte, noch mit Reithelm und Panzerweste, zum Imbiss.

Auf einer kleinen Bank, die aus einem Baumstamm geschnitzt war, genossen wir die fettigen Pommes und die frische Cola.

„Das sind die besten Pommes, die ich jemals gegessen habe", meinte ich und stopfte mir noch mehr in den Mund.

„Das kommt dir nur so vor, weil du ausgehungert bist", vermutete Bianca und nahm einen großen Schluck Cola.

„Vom Scharfenstein soll man einen wunderbaren Blick auf den Brocken, die Ecker Talsperre und Torfhaus haben. Der Wanderweg dort hinauf ist zwar eher steil, lohnt sich aber."

Bianca und ich schauten Toni böse an.

„Nein!", sagten wir gleichzeitig.

„Okay okay, war ja nur ein Vorschlag", murmelte Toni und entsorgte die leeren Pommes Teller.

„Bring uns lieber zum nächsten Wanderstempel, Miss Pfadfinderin", trällerte ich fröhlich und schwang mich wieder auf Pineapple.

Wir ritten gemütlich weiter, stiegen ab, wenn der Weg zu steil und eng wurde und trabten sogar ab und zu.

Bianca schlug sich wirklich gut. Die komische Airbagweste schien ihr Mut zu geben. Und die Aussicht, bald auf Gretes Spuren zu wandeln.

„Wir reiten jetzt zur Zillierbachtalsperre", verkündete Toni. Bianca und ich staunten. Vor uns lag ein riesiger Stausee.

„Ob Grete dort baden gegangen ist?"

Unsere Lieblingshexe fasste sich an ihre Hexenkette, die sie unter der dicken Weste trug.

„Ich will nicht schon wieder der historische Spielverderber sein, aber die Talsperre wurde um 1934 errichtet. Für Hochwasserschutz und Trinkwasserversorgung, oder so."

Toni hatte den Harz wirklich studiert. Bis dato kannte ich nur ihre Leidenschaft für Tiere, und nicht für Geschichte. Aber auch ich lernte nie aus.

Luis interessierte sich auch für Geschichte. Mein Liebeskummergehirn meldete sich wieder. Na toll.

„Wo gibt es den nächsten Stempel?", fragte ich, um meine Gedanken an Luis direkt im Keim zu ersticken.

„Beim Peterstein", antwortete Toni und führte uns weiter durch den dichten Wald.

„Kommst du?", ich drehte mich im Sattel um und schaute zu Bianca.

„Stiefel will nicht mehr, er frisst seit tausend Stunden Gras und egal wie doll ich an den Zügeln ziehe, er hört nicht auf!", beschwerte unsere Lieblingshexe sich.

„Dann zieh nochmal und gib ihm mit deinen Füßen auch einen ordentlichen Schubser!", schlug ich vor.

„Das wäre ja gemein. Essen ist auch ein Grundrecht", murmelte sie.

„Gibt es ein Problem?" Toni hatte Merlin gestoppt und schaute zu uns.

„Stiefel will nicht!", schrie ich ihr entgegen.

„Ach kommt schon, einfach weiterreiten", rief Toni zurück. Ich trieb Pineapple an und schloss zu Toni auf. Vielleicht würde Stiefel der Herdentrieb locken. Das dicke Pony blieb jedoch weiterhin trotzig stehen und mähte den saftigen Rasen.

„Boah echt jetzt", meckerte Toni und stieg von Merlin ab. Sie drückte mir seine Zügel in die Hand und lief im Stechschritt zu Bianca. Schon die bloße Anwesenheit von Toni führte dazu, dass Stiefel abrupt aufhörte zu fressen und mit den restlichen Grashalmen im Mund fröhlich neben Toni her trabte.

„Pferde sind Herdentiere. Sie haben eine Rangordnung. Der einzige Weg, mit Pferden umzugehen, ist, der Chef zu sein. Also ranghöher. Ansonsten machen die Ponys was sie wollen. Du bist für Stiefel ein mickriges Zirkuspony, das ihm nichts, rein gar nichts zu sagen hat", meckerte sie.

„Ja ich finde das ist schon eine sehr konservative Art der Erziehung. Stiefel kann ja gar nicht mitbestimmen, ob er der rangniedrigere sein möchte. Vielleicht können wir ja beide gleichrangig sein, wie beste Freunde?"

Bianca gab ihren Senf dazu. Ich rollte ebenfalls mit den Augen. Der Tag bis hierhin war für uns alle lang gewesen und es war höchste Zeit, dass wir am Ziel ankamen, bevor sich Bianca und Toni wegen Erziehungsproblemen zerfleischten.

„Wo ist denn jetzt der nächste Stempel?", wollte ich wissen.

„Das sagte ich doch bereits, beim Peterstein", fauchte Toni grimmig.

„Der Peterstein, das klingt ja wunderbar. Richtig einladend!"

Ich konnte die angespannte Stimmung nicht ertragen. Stritten wir uns jetzt wegen ein paar Grashalmen?

Schweigend ritten wir hintereinander, bis wir den Peterstein erreichten.

„Da ist jetzt irgendwie gar kein Stein", meinte ich und blickte mich um. Der grüne Briefkasten, in dem der Stempel für die Harzer Wandernadel war, war nicht zu übersehen.

„Der Blick ist doch nett", sagte Bianca und machte mit ihrem Handy ein Foto.

„Kann ja auch nicht jeder Stempel eine mega Attraktion sein, oder?", meinte Toni schnippisch.

„Sei nicht knatschig und erzähle uns lieber was über diesen Ort, ich wette, da gibt es noch etwas zu erfahren", erwiderte ich aufmunternd.

„Also gut. Der Zillierbach versorgte früher die Mühlen bis nach Halberstadt, dort heißt der Fluss Holtemme oder so. Im Frühjahr war der Bach für viele Hochwasser verantwortlich, deswegen gibt es heute die Talsperre. Der Name Peterstein bezieht sich auf den hinter uns liegenden Wald, das Peterholz. Das gehörte dem Benediktinerkloster Sankt Peter."

Bianca und ich klatschten begeistert.

„Damit wäre meine Vorstellung beendet. Der nächste Stopp ist nämlich unser Ziel, der Campingplatz."

Bianca riss die Augen weit auf.

„Der Campingplatz? Wir hatten doch gesagt, wir übernachten mitten im Wald, genau dort, wo Grete damals verbrannt wurde?"

Mir stellten sich die Nackenhaare auf. Bei all den schönen Ausblicken und der Reiterei hatte ich glatt vergessen, warum wir unterwegs waren.

„Meinetwegen kannst du dort eine Nachtwanderung hinmachen. Für uns und die Ponys ist es sicherer, den Campingplatz zu nutzen."

„Dann ist das geklärt. Um Punkt Mitternacht laufen wir in den Wald."

Ich schluckte.

Ob ich mich kurzfristig krankmelden sollte?

Konnte man sich bei seinen besten Freundinnen krankmelden?

„Ich glaube, mir ist übel", murmelte ich.

KAPITEL VIERZEHN

Etwas später erreichten wir den Campingplatz.

Mit einem lauten Stöhnen stieg ich vom Ponyrücken ab und räkelte meinen Rücken.

Den ganzen Tag im Sattel zu sitzen, das war ich wirklich nicht gewohnt.

„Kann mir bitte jemand helfen, hier runter zu kommen? Ich spüre meine Zehen nicht mehr, die müssen eingeschlafen sein", jammerte Bianca und Toni eilte ihr augenrollend zu Hilfe.

Wir banden die Ponys an einem Baum an und liefen zu einer braunen Blockhütte, in der wir uns beim Campingplatzbetreiber meldeten.

„Drei Mädchen, ein Zelt", sagte er mürrisch, und hakte Tonis Nachnamen auf einer Liste ab.

„Und drei Ponys", ergänzte eine schon in die Jahre gekommene Frau, die wohl mit dem Betreiber verheiratet war.

„Ja, naja, also sie sind auch ganz klein und unauffällig. Quasi wie Hunde", erklärte Toni.

„Hunde sind auf dem Gelände verboten!"

Der Campingplatztyp schaute uns böse an. Die Ehefrau nickte zustimmend.

„Mehr wie Meerschweinchen", erwiderte ich.

„Sie fressen ein ganz klein bisschen Gras und ansonsten merkt man nichts von ihnen", redete ich mich um Hals und Kragen.

„Meerschweinchen stinken", antwortete die Ehefrau.

„Hören sie mal, Herr Kruckow", begann unsere Lieblingshexe. Sie hatte seinen Namen auf einem verstaubten Schild gelesen. Er schaute sie an und schob seine Brille auf der Nase hin und her.

„Wir sind aus einem ganz bestimmten Grund hier. Wir befinden uns auf den Spuren der Hexe Grete Wroist. Der liebe Herr Dr. Fuchs, unser Geschichtsdozent, leitet ein Forschungsprojekt dazu. Heute Nacht werden die Ponys die Energien der verstorbenen Grete aufspüren und wir werden sie mit einem technischen Gerät aufzeichnen."

Ich musste mir das Lachen verkneifen. Was war das für eine Story? Toni hielt sich ebenfalls verdächtig die Hand vor den Mund.

Herr Kruckow runzelte die Stirn. Tatsächlich hoben sich seine Augenbrauen dabei nicht, und ich erwischte mich dabei, schon wieder an Luis zu denken.

„Das klingt absolut absurd, und sie müssen wissen, ich bin eher die klassische, rationale Wissenschaftlerin. Harte Fakten, man kennt es. Aber Toni, sie wird in dieser Sache promovieren, hat mich absolut überzeugt. Heute Nacht wird in Elbingerode eine bahnbrechende Entdeckung gemacht und wir können ihren wunderschönen Campingplatz dabei lobend erwähnen. Es gibt sehr, sehr viele Fans und Anhänger dieser Forschungsmethode, sodass sie bald durchgehend ausgebucht sein werden."

Innerlich packte ich schon unsere Sachen und trat den Heimritt an.

Bianca war mit dieser Lügengeschichte eindeutig zu weit gegangen.

„Bringen diese Anhänger dann auch ihre Pferde mit? Für diese Aufzeichnungen?"

Frau Kruckow schaute uns skeptisch an.

„Nein, natürlich nicht. Nur die Initialmessung wird *per equus* stattfinden. Per Pony, sie verzeihen die Fachsprache."

Bianca klimperte mit ihren Wimpern.

„Na dann will ich der jungen Forschung mal nicht im Wege stehen!"

Herr Kruckow setzte seine Brille wieder ab und schrieb „+ 3 Ponys" auf unsere Quittung.

Bingo.

„Wo hast du diese Filmrolle gelernt?", fragte ich lachend, als wir die Ponys auf dem uns zugeteilten Abteil des Campingplatzes parkten.

„Nirgendwo. Funktioniert hat es aber!", lachte unsere Lieblingshexe.

„Seit wann hat Herr Fuchs denn einen Doktortitel?", wollte Toni wissen.

Sie begann damit, unser Zelt aufzubauen. Toni hatte wirklich alles im Griff. Die Reiterhofbesitzer waren so nett gewesen, unsere Sachen inklusive Heu und Wasser für die Ponys bereitzustellen.

Wir sattelten die Ponys ab, wuschen sie mit etwas Wasser und einem Schwamm und banden sie dann an langen Stricken an.

„Machen wir uns jetzt unser Abendbrot?", fragte ich und schaute in die verschwitzten Gesichter von Bianca und Toni. Unsere Lieblingshexe roch an ihrer Achsel und verzog dann das Gesicht.

„Ich gehe erstmal duschen, ich rieche mehr nach Pony, als Stiefel selbst!", lachte sie.

„Und genau deswegen zelten wir auf einem Campingplatz!"

Toni holte stolz drei 2-Euro Stücke aus ihrer Hosentasche, mit denen wir nacheinander duschen gingen.

Die Campingplatzdusche war natürlich nicht wirklich komfortabel, und meine gerade frisch gewaschenen Füße waren nach dem kurzen Fußmarsch zu unserem Zeltlager wieder mit Sand verdreckt, aber dennoch fühlte ich mich wie frisch geboren.

„Jetzt, wo wir alle nach Aprikosenshampoo duften,", lachte Bianca und rubbelte ihre nassen Haare in einem Handtuch trocken

„können wir ja endlich die Hexenküche brodeln lassen!"

Toni riss die Augen auf.

„Nein, nein, nein, es wird eine ganze normale Mahlzeit!"

„Glaubst du, irgendwas ist an diesem Ausflug normal?", flüsterte ich ihr zu.

„Das habe ich gehört!", meckerte Bianca. Sie hielt drei Dosen Ravioli vor unsere skeptischen Gesichter.

„Hier, frisch versiegelt, frische Ware, nix Hexen!"

Erleichtert atmeten wir auf.

„Du hast doch einen Dosenöffner mitgenommen, oder?"

Bianca schaute Toni fragend an.

„Ja, der müsste gleich neben dem Imbusschlüssel in der Satteltasche liegen. Oder direkt neben der Kettensäge", antwortete sie.

„Mist", machte ich. Offensichtlich hatten wir keinen Dosenöffner mit.

„Wir können die Kruckows fragen", schlug Bianca vor.

„Auf keinen Fall!", machten Toni und ich gleichzeitig.

„Es reicht mit den komischen Lügen, es ist ein Wunder, dass sie dir alles abgekauft haben", meinte ich und überlegte fieberhaft, wie wir die Dosen öffnen könnten.

Hunger machte erfinderisch, oder nicht?

Wie ein aufgeregtes Huhn watschelte ich auf unserem Zeltplatz hin und her.

„Ich hab's!", schrie ich, um meine geniale Idee anzukündigen.

In einer Satteltasche fand ich einen Hufkratzer. Mit dem metallischen Ende des Kratzers müsste sich so eine läppische Dose doch öffnen lassen!

„Nicht schlecht, Jules, nicht schlecht. Wir brauchen nur noch etwas Schweres, womit wir Druck ausüben", kommentierte Toni und setzte den Hufkratzer an einer Dose an.

Nach einem kurzen Streifzug brachte ich unserer Oberpfadfinderin einen großen Stein und Toni begann, mit dem schweren Brocken auf den Hufkratzer zu schlagen.

„Moment mal", unterbrach Bianca uns.

„Das ist ein Hufkratzer. Damit kratzt man Hufe aus. Damit kratzt man alles aus, was Pferde quasi unter ihren Fußnägeln haben", bemerkte sie panisch.

„Zum Beispiel Sand und Steine", erklärte ich.

„Ja, Sand und Steine. Oder vielleicht auch Stroh. Und ziemlich vermutlich auch…",

Bianca verstummte.

„Pferdeäpfel", lachte ich.

Bianca musste sich ein Würgen verkneifen.

„Ihr habt die Wahl zwischen Ravioli mit Spuren von Pferdeäpfeln oder stattdessen einem leeren Magen", sagte Toni und öffnete behutsam die erste Dose. Bianca verzog das Gesicht noch weiter.

„Ich habe den Hufkratzer vorhin kurz abgespült, und die Ravioli werden gleich über dem Gaskocher erhitzt."

Vielleicht lag es an den Spuren von Pferdeäpfeln, aber die Ravioli schmeckten super. Bianca leerte nach ersten, zaghaften Bissen ihre ganze Dose und berichtete dann stolz, dass sie sich jetzt so richtig geerdet fühlte. Quasi pferdisch.

Nachdem wir das entstandene Chaos etwas aufgeräumt hatten, machten wir es uns im Zelt gemütlich.

Bianca packte mit Schokolade überzogene Haferkekse aus und ich steuerte Schokolinsen dazu.

„Zelten kann echt schön sein", seufzte ich und lauschte dem beruhigenden Kaugeräusch der Ponys, die den Rasen des Campingplatzes sehr gründlich mähten.

„Wir dürfen nicht vergessen, warum wir hier sind. Es sind noch drei Stunden bis Mitternacht", sagte Bianca mit mystischer Stimme. Mist. Ich hatte gehofft, dass sie ihre Pläne vergessen hatte.

„Bis dahin würde ich Grete gerne schon einmal anrufen", schlug sie vor.

Toni reichte Bianca ihr Handy. Die brach in großes Gelächter aus.

„Ich glaube, sie will die verstorbene Hexe anrufen", flüsterte ich. Toni packte ihr Handy wieder ein.

„Wir machen Gläserrücken."

Unsere Lieblingshexe holte ihren Rucksack, der den ganzen Tag beim Wanderritt klirrende Geräusche von sich gegeben hatte.

Sie packte einen Miniatur Holztisch, eine Karte, auf der Buchstaben gezeichnet waren und ein Schnapsglas aus.

„Das ist Gläserrücken für Reisen, Gläseln to go sozusagen", erklärte sie.

„Gläseln?"

Toni verschluckte sich fast an einer Schokolinse.

„Wir rufen gleich die Seele der verstorbenen Grete an und stellen ihr Fragen. Die Antwort ergibt sich aus den Buchstaben, über die das Glas wandert."

„Und wie wandert es? Durch deinen Zauberstab? Hexenbesen?"

Toni war mal wieder aufmüpfig.

„Wir fassen alle das Glas an, und durch unsere Muskelkontraktionen wird es sich bewegen", war Biancas Antwort.

„Oh was für eine Zauberei, dass wir ein Glas mit unseren Muskeln verschieben können", murmelte Toni. Ich war ziemlich aufgeregt. Was, wenn wir wirklich mit Verstorbenen Kontakt aufnehmen konnten?

„Ich bin noch nicht in Stimmung, wir müssen mit etwas leichtem anfangen"; meinte Bianca und massierte sich mit ihren Zeigefingern die Schläfen.

„Wir müssen erstmal einen leichten Call machen. Mit jemandem, der vielleicht erst vor Kurzem gestorben ist."

„Ein Mensch?", wollte ich wissen.

„Ja, oder ein Tier", überlegte Bianca.

„Blubber ist doch erst vor kurzem gestorben", schlug ich vor.

„Oh erinnert mich nicht daran", fluchte Toni.

„Er ist einfach aus dem Aquarium gesprungen, einfach so. Flutsch und weg. Dabei war er noch so jung", jammerte sie.

„Ich erinnere mich an ihn. Ich sehe ihn richtig vor meinen Augen, seine orange-silbrige Färbung, die Glubschaugen und die seidigen Flossen."

Bianca schloss die Augen und versuchte wohl schon, Kontakt aufzunehmen.

„Wir rufen jetzt nicht meinen Fisch an", flehte Toni.

Doch Bianca summte schon „Blubber, Blubber" vor sich hin und wirkte wie in Trance. Sie griff nach unseren Händen und zerrte sie unsanft auf das Schnapsglas.

„Aua", machte ich, denn Toni hatte mich mit ihren Fingernägeln gekratzt.

„Blubber, wir rufen dich, bitte beantworte uns die folgende Frage", summte Bianca.

„Geht es dir gut, da wo du jetzt schwimmst?"

„Wo er jetzt schwimmt?", wiederholte Toni flüsternd.

„Was zum Henker", ergänzte sie.

„Blubber, bitte schwimm zu uns und nimm Kontakt mit uns auf", summte sie immer laute. Ihr Summen übertrug sich auf ihre Hand und damit auch auf unsere Finger. Millimeter für Millimeter verschob sich das Glas.

„K", las ich.

„Blubber, beantworte uns die Frage", wiederholte Bianca.

„L", las Toni. Dann öffnete unsere Lieblingshexe die Augen und las den letzten Buchstaben, ein „O".

„Klo?"

Entsetzt schaute sie uns an. Ich bekam einen Lachanfall. Zu meiner Verwunderung lachte Toni kein Stück und schaute beschämt.

„Was ist denn los?"

Ich stupste sie an.

„Naja, also, Blubber lag plötzlich leblos auf dem Wohnzimmerboden", begann sie zu erzählen.

„Und ich war mir sehr sicher, dass er gestorben war. Ich habe ihn vorsichtig mit einem Taschentuch aufgehoben und ins Klo geworfen. Dann habe ich die Spülung gedrückt. Und in genau dem Moment erwachte er aus seiner Starre und schwamm wieder. Nur die Spülung war eben schon gedrückt."

Sie seufzte.

„Ich habe ihn umgebracht. *Ich.* Die, die sonst immer Tiere beschützen will. Ich habe einen Fisch getötet", schluchzte sie.

Das war eines der wenigen Male, die ich Toni wirklich weinen sah. Normalerweise war sie immer die Starke von uns Dreien.

„Das hast du nie erzählt", sagte ich sanft und gab ihr ein Taschentuch. Einen Moment lang war es ganz still.

Eine gruselige Stille.

Schließlich hatte Bianca gerade wirklich eine gestorbene Seele angerufen. Oder war alles nur Zufall?

Wir schwiegen eine Weile, nachdem Toni noch von den glücklichsten Momenten mit Blubber erzählt hatte. Es war, als hätten wir eine kleine Trauerfeier für den Fisch gefeiert.

Irgendwann räusperte Bianca sich und zog unsere Hände wieder auf das Schnapsglas.

„Grete, Grete Wroist, wir rufen dich, und fragen deine verstorbene Seele, warum musstest du sterben?", summte sie andächtig und ich bekam prompt eine Gänsehaut.

Draußen war es mittlerweile stockdunkel, und in unserem Zelt flackerte nur eine schwache Campinglampe.

Unsere Lieblingshexe murmelte weiter irgendwelche unverständlichen Dinge, ehe sie versuchte, die Buchstaben abzulesen.

„A, M, A, R", las Bianca, dann stockte sie. Plötzlich bewegte sich der Reißverschluss der Zeltöffnung langsam.

Wir schauten erschrocken auf den Reißverschluss, quiekten laut und verkrochen uns allesamt in die letzte Ecke des Zeltes.

„Das ist Grete!", schrie Bianca, halb entzückt, halb verstört. Ihre Stimme überschlug sich.

„Nee, Frau Kruckow", sagte eine sächselnde Stimme.

Ich fand meinen Atem wieder und atmete erleichtert durch.

Es war lediglich die Zeltplatzbetreiberin, die uns einen Besuch abstatten wollte.

Angestrengt hielt sie ihren dicken Kopf in die schmale Zeltöffnung.

„Habe ich euch etwa erschreckt?"

Wir schüttelten den Kopf, was wohl nicht sehr glaubwürdig rüberkam. Toni war kreideweiß und Bianca hatte Schweißperlen auf der Stirn.

„Ich wollte nur sagen, Frühstück gibt es um Punkt 7 Uhr."

Wir nickten überfreundlich, worauf hin Frau Kruckow wieder verschwand.

„Die alte Hexe hat mich zu Tode erschreckt", seufzte Toni und schüttelte sich.

„Welche alte Hexe meinst du jetzt?"

Ich kicherte.

„A M A R, was soll das bedeuten?", murmelte Bianca.

„Genauso wenig wie KLO", äffte Toni sie nach.

„Wieso, das mit Blubber stimmte doch", überlegte ich.

„Alles Zufall, wenn ihr mich fragt." Toni zuckte mit den Schultern. Ihre Trauer über Blubber war wohl wieder vorüber.

„Ich finde noch heraus, was es heißt. Vielleicht um Mitternacht!"

Bianca strahlte.

Wir dösten eine Weile ein, ehe uns um kurz vor Mitternacht der schrille Handywecker von Bianca wachrüttelte.

„Nein, ich will nicht", murmelte Toni und rieb sich die Augen. Auch ich hatte überhaupt gar keine Lust darauf, gleich im Stockdunkeln irgendeinen Todesplatz aufzusuchen.

„Kommt jetzt, los los!"

Unsere Lieblingshexe war hellwach, zog sich ihre Reitstiefel an und öffnete das Zelt.

Draußen starrten uns drei halbschläfrige Ponys an, die sich wohl zum Schutz dicht neben unser Zelt gestellt hatten.

„Hoffentlich trampeln die uns nicht im Schlaf tot", gähnte ich und musste mich anstrengen, um mit Bianca Schritt zu halten.

Auch Toni trottete nur Kopfschüttelnd hinterher.

Schweigend liefen wir eine Weile durch das dichte Unterholz.

Der Campingplatz lag direkt am Wald, sodass wir zumindest keine Straßen überqueren mussten.

Bianca leuchtete mit ihrer schwachen Handytaschenlampe den Weg.

Der Wald war still, und gleichzeitig auch nicht. Die Bäume quietschten und knarzten im leichten Wind, ab und zu raschelte es im alten Laub und irgendwo trällerte noch ein Vogel. Oder war es eine Nachteule?

„Gibt es hier irgendwelche Tiere, die gefährlich für uns sind", flüsterte ich zu Toni.

„Naja, Wildschweine sind nachtaktiv. Außerdem gibt es hier Luchse, aber die sind nicht gefährlich. Und dann gibt es noch Wölfe."

Mir stockte der Atem.

Wölfe?

Sollte das wirklich mein Ende sein, als Mitternachtssnack von wild gewordenen Wölfen zu enden?

„Hier muss es sein", quiekte Bianca und ich zuckte zusammen. Sie hatte anhand der aus alten Geschichtsbüchern rekonstruierten Koordinaten den angeblichen Platz der Hexenverbrennung gefunden.

„Okay, cool, das ist eine kleine Lichtung im Wald, juhu", machte Toni und begann, umzukehren.

„Ein bisschen mehr Andacht, bitte. Ich werde gleich, wenn es Mitternacht ist, meine Zeremonie abhalten", zischte Bianca.

„Och nö", stöhnte Toni, und ich war ebenso hin- und hergerissen zwischen zurücklaufen und zuschauen.

Aber wir konnten Bianca nicht mitten im Wald alleine lassen, und selbst alleine zurücklaufen, das wollte ich auf keinen Fall.

So setzten wir uns auf einen alten Baumstamm, sofern wir das in der Dunkelheit erkennen konnten, und starrten Bianca an.

„Ab wann meinst du, sollte sie einen Seelenklempner aufsuchen?", flüsterte Toni mir zu.

„Keine Ahnung, das ist halt ihr Hobby?", überlegte ich leise.

Bianca schritt in einem kleinen Kreis, zog dann sternförmige Linien in den Waldboden und verteilte verschiedene Edelsteine auf die Schnittpunkte der Linien.

Dann tröpfelte sie noch irgendein ätherisches Öl auf den Boden, rieb es sich an den Hals und auf die Schläfen und murmelte Zaubersprüche.

„Hast du es dann?", sagte Toni nach einigen Minuten laut und stand von unserem Baumstamm auf. Bianca rollte mit den Augen, was im Licht der Taschenlampe und in Anbetracht ihrer Zeremonie wirklich angsteinflößend aussah.

„Ist ja gut, ich komme ja schon. Gretes Geist traut sich sowieso nicht, wenn ihr daneben sitzt. Sie spürt, dass ihr nicht an sie glaubt", beschwerte sie sich.

„Ja, das wird sein", sagte Toni trocken und führte uns dann schnellen Schrittes wieder in unser gemütliches Zelt zurück.

KAPITEL FÜNFZEHN

Am Morgen danach wachten wir alle ziemlich zerknittert auf. Die Nacht im Zelt war ziemlich ungemütlich gewesen.

„Sie haben das Frühstück verpasst", hörten wir eine bekannte Stimme vor dem Zelt sagen.

Frau Kruckow, natürlich.

Ich öffnete das Zelt und streckte meinen Kopf heraus. Mit einem abfälligen Blick warf sie drei kleine Lunchpakete direkt vors Zelt. Ich zuckte zusammen und brachte meinen Kopf in Deckung. Hinter mir kroch Toni aus dem Zelt und schnappte sich ein Lunchpaket.

„Naja, besser als nichts", murmelte sie und inhalierte die labbrigen Toastscheiben mit Mortadella.

„Kann ich den Kakao haben?"

Bianca strich sich durch ihre langen Haare und versuchte sie zu ordnen. Wir teilten uns die spärlichen Lunchpakete und machten uns dann daran, die Ponys zu putzen und zu satteln.

Schließlich hatten wir noch einen Heimritt vor uns!

„Wir reiten aber keinen Umweg, sondern den kürzesten Weg zurück, oder?", fragte ich die beiden.

Ich freute mich unglaublich doll auf mein Zimmer und vor allem auf mein warmes Bett. Die Nacht war ziemlich kühl gewesen, trotz Thermo-Schlafsack.

Toni nickte und nachdem wir unser Zeltlager geräumt hatten, ritten wir hintereinander Richtung Heimat.

„Mit einer kleinen Ausnahme", brachte Bianca an.

„Ich muss noch meine Edelsteine von letzter Nacht einsammeln."

Toni rollte mit den Augen. Da sie zu müde für Streit war, diskutierte sie nicht und nahm den kleinen Umweg in Kauf.

Die Ponys hatten ganz schön Mühe, sich durchs dichte Unterholz zu kämpfen. Die Försterei würde darüber vermutlich nicht glücklich sein, dachte ich.

Nach einigen Minuten erreichten wir die kleine Lichtung, die bei Tageslicht viel netter als gestern Nacht aussah.

„Ihhh, auf dem Baumstamm saßen wir gestern Nacht?"

Ich verzog das Gesicht. Der Baumstamm war übersät von Pilzen, Moosen und Nacktschnecken. Bianca stieg vom Pony ab und stürmte zu ihrer Sternenzeichnung.

„Das ist ein Wunder!", schrie sie.

„Das ist ein Zeichen!"

Toni rollte mit den Augen. Ich stieg ebenfalls aus dem Sattel und lief zu Bianca. Mein Blick fiel auf eine wunderschöne Wildrosenblüte, die inmitten der Sternenzeichnung ihren Kopf herausstreckte.

„Wahnsinn", hauchte ich.

„Grete will uns damit etwas sagen", überlegte Bianca.

„Und ich weiß noch nicht genau, was."

Wir standen eine Weile auf der Lichtung herum, ehe Toni wütend angestapft kam.

„Macht ihr Kaffeekränzchen? Ich will nach Hause. Die Ponys wollen nach Hause, kommt jetzt", meckerte sie.

„Schau doch mal! Über Nacht ist eine Wildrose direkt über Biancas magischem Zeichen erblüht!", zeigte ich ihr aufgeregt.

„Für diese Jahreszeit ist das wirklich ungewöhnlich", überlegte Toni.

„Siehst du! Magie gibt es wirklich! Du musst es endlich einsehen!"

Bianca schaute sie aufgeregt an. Dann sammelte sie die Edelsteine auf und zupfte die Blüte vom Wildrosenableger.

„Naja, wir haben einen sehr milden Herbst, das kann schon vorkommen", sagte Toni und zerrte uns energisch zu den Ponys zurück.

Auf dem Rückweg überlegte Bianca ununterbrochen, was die Wildrose bedeuten könnte.

Sie brabbelte unaufhörlich vor sich hin, googelte auf ihrem Smartphone und machte sogar Notizen auf einem Miniblock.

„Die Ponys und vor allem Stiefel würden es doch sehr befürworten, wenn du dich aufs Reiten konzentrieren würdest!", sagte Toni forsch und unsere Lieblingshexe rollte mit den Augen.

„Ich hab's!", kreischte Bianca und die Ponys zuckten vor Schreck zusammen.

„A, M, A, R!"

Toni schüttelte nur noch den Kopf.

„Beim letzten Buchstaben kam doch diese Campingplatzfrau und hat uns unterbrochen. Das Wort, was uns Grete geschickt hat, ist *Amare*. Italienisch für Liebe! Sie ist aus Liebe gestorben. Oder für die Liebe. Und die Wildrose galt früher als das Symbol der Zuneigung, Liebe und der Verehrung der Toten!"

Begeistert strahlte sie uns an, als hätte sie gerade das *perpetuum mobile* erfunden.

„Kannst du dich endlich auf den Weg konzentrieren, Bianca? Ich habe den direkten Weg zurück unterschätzt. Er ist schmaler und steiler, als erwartet. Dahingegen war unser schlängelnder Hinweg ein Kinderspiel."

Auch ich hatte jede Mühe, mich auf den steilen Reitweg zu konzentrieren. Wenn es bergab ging, mussten wir uns etwas nach hinten lehnen, um die Ponys zu entlasten.

Und beim berghoch reiten, lehnten wir uns sanft nach vorne.

Stiefel schnaufte.

Und auch ich seufzte laut.

Was für eine Tour!

Doch trotz der gefährlichen Schluchten wanderten meine Gedanken zu Grete.

Was war passiert, dass sie für die Liebe gestorben war?

Und lohnt es sich, dafür zu sterben?

Was wäre gewesen, wenn Luis tatsächlich von Biancas Bowle vergiftet gewesen wäre?

Hätte ich dann auch davon getrunken, damit ich nicht ohne ihn leben müsste?

Ich schluckte.

Meine Kehle fühlte sich dick und verstopft an. Ich lebte ja gerade ohne ihn. Ob er jetzt tot oder lebendig wäre, für mein Leben würde das keinen Unterschied machen.

Mit jedem Gedanken klaffte meine gerade etwas zugewachsene Liebeskummerwunde wieder auf und statt Blut tropften aus ihr dicke Krokodilstränen.

„Weinst du?"

Toni drehte sich zu mir um. Ich ritt direkt hinter ihr. Bianca hatten wir einige Meter nach uns verloren, da sie noch Wildrosenblüten sammeln wollte. (Die es eigentlich wirklich im Herbst nicht mehr gab.)

Aber Toni war es geradezu egal, wo unsere Lieblingshexe sich herumtrieb.

„Ich habe doch diese Pollenallergie", log ich und kramte ein Taschentuch aus der Reitjacke. Wobei das mit der Allergie keine Lüge war. Nur nicht im Herbst.

„Wir müssen absteigen. Über den Baum kommen wir nicht rüber."

Toni zeigte mit ihrer Reitgerte auf einen dicken, morschen Baumstamm, der den schmalen Reitweg versperrte.

„Mist. Können wir nicht einen Umweg nehmen?"

„Nicht, wenn wir im Hellen nach Hause kommen wollen", seufzte Toni und streckte ihre Füße aus den Steigbügeln.

Dann stieg sie ab und inspizierte den Baumstamm.

„Der Abhang ist ziemlich steil, aber wenn wir die Ponys vorsichtig vorbeiführen, wird das schon gehen."

„Oh, ein so schöner Baumstamm, richtig mit Seele."

Bianca kam an getrottet.

Stiefel lief neben ihr her, und der grüne Matsch an seiner Trense deutete darauf hin, dass er sehr viel Freude an Biancas Blumenpflücken hatte.

„Wir müssen die Ponys ganz vorsichtig vorbeiführen, und dabei den Abhang betreten", wies Toni uns an.

„Ein tonnenschweres Ding auf dem matschigen Abhang? Ohne mich!"

Bianca verschränkte die Arme.

Zu Stiefels Freude, denn der begann wieder, den Wegrand zu mähen.

„Ich kann Stiefel rüberführen, meinetwegen. Aber Jules muss Pineapple selbst führen. Sonst ist Merlin drüben alleine, und vielleicht würde er wegen dem Herdentrieb dann alleine zurück über den Abhang laufen, und das wäre wirklich gefährlich."

Das leuchtete allen ein.

Ich stieg ab und beobachtete, wie Toni Merlin am Baumstamm haarscharf vorbeiführte.

Dabei machte sie mit ihren Reitstiefeln kleine Tippelschritte, um nicht abzurutschen. Mir stockte der Atem, als ich sah, dass Merlins hinterer Huf verdächtig auf dem Matsch rutschte.

Aber das Pony ließ sich davon nicht beeindrucken und landete trittsicher hinter dem Baumstamm auf dem Weg.

„Na seht ihr. Alles kein Ding", sagte Toni stolz. Das war mein Stichwort. Ich nahm Pineapple direkt an der Trense und sprach uns beiden Mut zu.

„Wir schaffen das. Es ist gar nicht steil. Gleich sind wir da", murmelte ich.

Schritt für Schritt näherten wir uns dem Ziel. Durch die anhaltenden Regenfälle der letzten Wochen war der Weg ganz schön ausgespült, sodass er tiefer als die Kante des Abhangs lag.

„Wir haben es geschafft!", prahlte ich und grinste Toni an.

Die nickte anerkennend.

Pineapple nahm den ausgespülten Weg als Aufforderung, den Höhenunterschied durch einen Sprung auszugleichen.

Ich erschrak, denn sie landete mit dem linken Huf direkt auf meinem rechten Reitstiefel.

Autsch.

Ein stechender Schmerz durchzog meinen Fuß und strahlte bis hoch ins Becken.

„Aua, aaah, Mist, das war unnötig Pineapple, aua", stöhnte ich.

Toni nahm mir die Stute aus der Hand, sodass ich mich auf den Weg setzen konnte.

„Sind sie den Abhang heruntergefallen?", rief Bianca vom anderen Ende.

Toni machte ein abfälliges Geräusch.

Zurecht, denn Bianca konnte uns direkt gegenüber vom Baumstamm deutlich sehen.

„Ja, siehst du sie rollen?", rief sie ihr zu.

Ich hatte keine Kapazitäten, mich auf ihren Streit zu konzentrieren.

Alles, was ich denken konnte, war: AUA.

Bianca zuckte mit den Schultern und führte dann Stiefel souverän über den Abhang.

„Habt ihr das gesehen? Ich habe mir einfach vorgestellt, dass ich schon drüben war. Und dann bin ich quasi geflogen. Manifestieren nennt sich das!", prahlte sie.

Dann drückte sie Toni Stiefels Zügel in die Hand und eilte zu mir.

„Tut es sehr weh?"

„Nein, ich tue nur so", krächzte ich und wand mich auf dem Waldboden.

„Ich habe ein Notfall-Globuli Set in meiner Bauchtasche", murmelte Bianca und kramte ein kleines Fläschchen mit Zuckerperlen heraus.

„Arnica D12", sagte sie und stopfte mir dann die Kügelchen in den Mund.

„Sie braucht keine Wuschiwuschi-Perlen, sie braucht einen Krankenwagen!", sagte Toni und riss Bianca die Flasche aus der Hand, die prompt den Hang herunterrollte.

Ich nahm die Situation nur noch wie im Nebel wahr.

Bianca und Toni liefen hektisch im Kreis, während sie den Notruf wählten.

„Wir brauchen Hilfe, es gab einen Reitunfall", sagte Toni ins Telefon.

„Kein Reitunfall, ein Führunfall, sie saß doch nicht auf dem Pferd, als es passiert ist", verbesserte Bianca sie.

Toni ging entschlossen einige Meter von Bianca weg, damit sie in Ruhe telefonieren konnte.

„Mir ist übel", murmelte ich und wunderte mich über die glitzernden Sterne in meinem Sichtfeld.

Dann wurde mir schwarz vor Augen.

Zwischendurch wachte ich immer wieder kurz auf und nahm eine gruselig aussehende Bianca wahr, die mir Wildrosenblüten auf den Schoß streute.

„Was zur Hölle tust du da", schrie Toni und hatte alle Mühe, die Ponys vom Weiterlaufen abzuhalten.

„Wildrosen stehen für die Verehrung der Toten, und naja, wir wissen ja nicht, wie schnell der Notdienst kommt."

„Ich bin nicht tot", krächzte ich schwach.

„Mir ist nur so übel und so komisch."

Und dann war wieder alles schwarz.

Das nächste Mal wachte ich auf, und fand mich in der stabilen Seitenlage und mit einer Satteldecke auf dem Bauch wieder.

Mein Fuß pochte und fühlte sich so an, als wenn er den Reitstiefel zum Platzen bringen könnte.

Das übernächste Mal kam ich wieder zu mir, als zwei gutaussehende Männer mich auf eine Liege schoben.

In meinem linken Arm merkte ich eine Nadel, und auf meiner Brust klebten Elektroden.

„Arnica D12, das ist die Vormedikation, die sie schon bekommen hat."

Biancas Stimme verhallte, ehe sich die Tür des Krankenwagens schloss.

„Können wir ihr denn überhaupt noch ein Schmerzmittel geben, wenn sie schon so was Starkes bekommen hat?", lachte ein Sanitäter und ich bemerkte, wie er eine Spritze mit Schmerzmittel in meinen Zugang spritzte.

„Wir fahren dich jetzt ins Krankenhaus", sagte er sanft und ich schloss erschöpft meine Augen.

So richtig zu mir kam ich erst in einem weißen Krankenzimmer. Meine Haare fühlten sich fettig an, und ich roch ziemlich stark nach Pony, Schweiß und Wiese.

Hoffentlich hatten die netten Sanitäter das nicht bemerkt, dachte ich. Ich versuchte ganz vorsichtig, meine rechten Fuß zu bewegen, schaffte es aber nicht.

War ich gelähmt?

Würde ich nie wieder laufen können?

Hatten sie mir die Beine amputiert?

Nervös riss ich mir die Bettdecke vom Leib, als eine Schwester das Zimmer betrat.

„Möchtest du Tee oder Kakao zum Abendbrot?" Sie hielt ein Klemmbrett in der Hand und starrte mich an.

Ich starrte zurück. War ich noch unter Narkose oder in einem Paralleluniversum?

Oder stand gerade wirklich eine gewisse R. Rosenberg vor mir?

„Tee", murmelte ich, weil ich nicht verfressen wirken wollte.

Mein Magen knurrte. Blitzschnell änderte ich meine Meinung.

„Und Kakao", ergänzte ich.

„Es gibt nur eins von beiden."

„Dann Kakao. Mit Sahne", sagte ich mit verschränkten Armen.

Rosi verließ das Krankenzimmer und hielt dem hereinkommenden Arzt die Tür auf.

„Schweres Ponys auf leichtem Mädchenfuß, gleich, na, was denkst du?", fragte er mich schelmisch.

„Amputation?", fragte ich ängstlich.

Er lachte. Ziemlich laut und ziemlich lange sogar.

Dann holte er ein Röntgenbild aus meiner Akte und zeigte es mir.

„Der Mittelfußknochen ist angebrochen. Wir haben ihn eingegipst. Sechs Wochen Ruhe und das wird wieder. Sobald dein Kreislauf stabil ist, kannst du nach Hause."

Nachdem der Arzt das Zimmer verließ, fühlte ich mich schrecklich elendig.

Die Schmerzen kamen wieder, sobald der Schmerzmitteltropf durchgelaufen war und ich musste dringend aufs Klo.

Aber wie sollte ich aufstehen? Ich drückte den Knopf, mit dem man die Schwestern rufen konnte und wartete.

Eine Weile passierte nichts, dann streckte Rosi den Kopf ins Zimmer.

„Doppelte Portion Sahne?"

Ich wollte es wirklich nicht, aber ich musste schmunzeln.

„Eher so aufs Klo", murmelte ich.

„Dann gibt es zwei Möglichkeiten", begann Rosi.

„Eine Bettpfanne oder ich helfe dir ganz, ganz vorsichtig auf die Beine."

„Das zweite!", sagte ich sofort und Rosi begann, mir aufzuhelfen.

Zwischendrin versagte mein Kreislauf immer wieder, sodass wir Pausen machen mussten.

Ich hasste sie inständig, und gleichzeitig war ich gerade schrecklich doll auf ihre Hilfe angewiesen.

Ich humpelte auf einem Bein und an ihrem Arm zum Klo.

„Den Rest mache ich allein", sagte ich und ließ Rosis Hand los. Dann sackte ich zur Seite und fiel fast um.

„Jaja, bestimmt", sagte sie und begleitete mich ernsthaft bis zur Kloschüssel.

„Jetzt muss ich aber alleine sein!"

„Wenn du dabei umkippst, bekomme ich Ärger."

„Wenn du dabeibleibst, kann ich nicht aufs Klo!"

„Ich hole gerne die Bettpfanne!"

„Kannst du dich wenigstens umdrehen", seufzte ich.

„Natürlich."

„Und was lautes Singen? Alle meine Entchen?"

Zu meinem Erstaunen drehte Rosi sich um, hielt sich die Augen zu und sang laut und aus voller Kehle „Alle meine Entchen".

Ich sang mit und konnte endlich mein dringendes Geschäft erledigen.

„Warum bist du nicht im Hotel?", rutschte es mir beim Händewaschen heraus.

Ich war einfach zu neugierig. War sie gefeuert worden? Leistete sie hier Sozialstunden ab? Weil sie tatsächlich der Teufel war?

„Ich möchte Medizin studieren und verdiene mir im Hotel schon was dazu, damit ich im Studium weniger arbeiten muss. Und das hier ist mein Pflichtpraktikum in der Pflege."

Aha. Dann war Luis also mit einer angehenden Ärztin zusammen.

Angehender Anwalt und angehende Ärztin, na das passte ja wie die Faust aufs Auge.

„Da kann Luis sich ja sehr glücklich schätzen", murmelte ich.

„Naja, er muss seit meinem Praktikum Doppelschichten schieben. Aber seit deinem Brief ist er sowieso irgendwie komisch drauf. Fast depressiv", erzählte sie.

Ich sackte fast wieder in einen totalen Kreislaufzusammenbruch.

„Wie, mein Brief?"

Mit Mühe und Not schleppte ich mich zurück aufs Krankenbett.

„Ich habe beim Joggen einen Brief gefunden, auf dem Luis stand. Ich weiß, Briefgeheimnis und so. Naja, ich habe ihn gelesen, weil ich dachte, ich finde einen Hinweis auf die richtige Adresse. Nach den ersten paar Sätzen war mir alles klar und ich habe ihn Luis gegeben."

Ich starrte sie entgeistert an. War ich noch unter Narkose oder träumte ich?

Das durfte doch nicht wahr sein!

Was für eine Schmach!

Was für eine Tragödie!

Hoffentlich würde der Chefarzt noch meinen Kopf amputieren, damit mich niemand mehr in Wernigerode erkennen würde!

„Ich muss zum nächsten Patienten, und dann endet meine Schicht. Gute Besserung und viel Glück."

„Moment noch", murmelte ich.

„Erzähl Luis bitte unter gar keinen Umständen, was da drinnen gerade passiert ist!"

Ich zeigte aufs Badezimmer. Sie nickte und verschwand.

KAPITEL SECHZEHN

Etwas später stürmte meine überaus besorgte Mutter ins Krankenzimmer, gefolgt von Bianca und Toni. Die brachten Gummiwürmer, Cola und Chips mit.

„Sie lebt! Lebt sie?"

Bianca umarmte mich herzlich.

Meine Mutter zog ihre Augenbrauen hoch (im Vergleich zu Luis nur millimeterweise).

„Nicht, dass Sie denken, dass sie in Lebensgefahr war", sagte Bianca zu meiner Mutter gewandt.

„Wenn ich mich recht erinnere, hast du Wildrosenblüten auf mich geworfen, als wäre ich schon tot", murmelte ich und versuchte, eine nicht schmerzhafte Liegeposition zu finden.

„Das war nur vorbeugend, prophylaktisch."

Toni umarmte mich ebenfalls herzlich und drückte mir die Dose Cola in die Hand.

„Das hilft bei Knochenbrüchen, glaube ich."

„Glaube ich nicht", ermahnte meine Mutter sie und entriss mir die Dose.

„Ich muss euch dringend was erzählen", flüsterte ich zu meinen Freundinnen.

Meine Mutter verstand und verzog sich auf den Flur.

Wahrscheinlich, um die Coladose zu entsorgen.

Zum Glück blieben uns noch die Chips und Gummiwürmer.

Toni riss die Chipstüte auf und verteilte prompt Krümel auf meinem Bett. Ich griff mit beiden Händen in die Tüte und stopfte mir Dutzende Chips in den Mund.

„Verschluck dich nicht", lachte Bianca.

„Ich verhungere hier, sage ich euch! Und verdurste. Und alles."

„Das ist sicher nicht das, was du erzählen wolltest, oder?"

Toni schaute mich an. Ich schüttelte den Kopf (und verschluckte mich doch fast).

„Der Teufel war hier!", sagte ich theatralisch.

Toni und Bianca wechselten schnelle Blicke. Dann fiel Tonis Blick auf meinen Zugang im Arm.

„Bekommt sie starkes Schmerzmittel?", flüsterte sie zu Bianca.

„Ich kann euch hören! Ich bin zurechnungsfähig!"

„Erinnerst du dich eigentlich noch daran, dass du den einen Rettungssanitäter sehr angehimmelt hast, nachdem du eine Ladung Schmerzmittel intus hattest?", fragte Bianca mich mit einem verschmitzten Lächeln.

„Darum geht es jetzt nicht. Der Teufel, alias Rosi Rosenberg, war hier. Sie macht irgendein Praktikum."

„So wie du damals im Freibad? Mit der schwimmenden Wurst, erinnert ihr euch?"

Toni fiel in schallendes Lachen. Auch unsere Lieblingshexe stimmte mit ein.

„Darum geht es jetzt auch nicht! Sie macht ein Praktikum im Krankenhaus und musste sich um mich kümmern. Und sie hat gesagt, dass Luis ganz anders ist, seit er meinen Brief gelesen hat."

Meine Stimme versagte fast, als ich *Luis* sagte, so aufgeregt war ich.

„Ihr habt miteinander geredet? Ich dachte, du hasst sie?", wunderte Toni sich.

„Ja, ich musste irgendwie, hat sich so ergeben", stammelte ich.

„Ich wusste es! Ich wusste, dass dieser Brief eine besondere Kraft und Energie hatte! Er hat ihn gefunden, so wie ihr euch gefunden habt", schwärmte Bianca.

„Luis hat den Brief also zufällig da gefunden, wo du ihn verloren hast?"

Toni klang misstrauisch.

„Nein, Rosi hat ihn beim Joggen gefunden, ihn gelesen und dann erkannt, dass er für unseren Luis war", erklärte ich und schnabulierte die Gummiwürmer.

„Das spricht irgendwie für sie, dass sie das getan hat", überlegte Bianca.

Ich verschränkte die Arme. Vermutlich war das alles nur ein weiterer, taktischer Schachzug von Rosi gewesen.

„Schreibst du ihm jetzt wieder, nachdem du das weißt?", wollte Toni wissen.

Ich überlegte, und vergaß darüber fast meine immer noch höllischen Fußschmerzen.

„Keine Ahnung. Er könnte sich ja auch melden, wenn er noch was will."

Vor meinem inneren Auge sah ich wieder die Szene vor mir, wie Luis in der Nacht der Halloweenparty einfach weggegangen war.

„Gummiwürmer heilen auch keine gebrochenen Füße!"

Meine Mutter kam zurück ins Zimmer.

„Das würde ich so nicht sehen. Schließlich ist da Gelatine drin, und das wird aus Knochen gemacht", referierte Bianca.

Angewidert ließ ich den letzten Gummiwurm fallen.

Ein rundlicher Pfleger im mittleren Alter und mit Glatze bog ins Zimmer.

Er trug ein Tablett mit meinem Abendbrot.

Neben dem Teller, auf dem eine überschaubare Scheibe Toast lag, stand ein Glas Kakao, mit einer ordentlichen Sahnehaube.

„Auf dem Bestellungszettel stand ausdrücklich, dass die Patientin einen Kakao mit Sahnehaube bekommt. Gibt es etwas zu feiern?", wollte er wissen und stellte das Tablett mit wackeligen Händen auf dem Nachttisch ab.

„Wir feiern die Liebe", säuselte Bianca.

„Ich glaube nicht, dass Sahne gebrochene Füße-"

Prompt unterbrach der Pfleger meine Mutter. „Wir feiern die Liebe!", sagte er legte noch einen Keks dazu.

Einen Tag später verließ ich humpelnd und auf pinken Krücken (ich konnte den Pfleger dahingehend bequatschen) das Krankenhaus und freute mich auf sechs Wochen Bettruhe.

Allerdings hatte meine Mutter mit dem Chefarzt etwas anderes verhandelt. Ich sollte meinen Fuß in dem ziemlich unbequemen Gips zwar ruhigstellen, den Rest des Körpers aber leider nicht.

Im Klartext: Humpelnd durch die Gegend schleichen.

Da unsere Schule allerdings alles andere als humpelgerecht war, durfte ich zumindest ein paar Tage zu Hause bleiben.

Das bedeutete auch, dass ich unseren Vortrag über Hexenverbrennung vielleicht verpassen würde.

Ein paar Tage vorher kamen deshalb Bianca und Toni zu mir nach Hause, um die letzten Vorbereitungen zu treffen.

„Ich zeige euch jetzt alle Fotos, die ich auf unserem Wanderritt gemacht habe, und wir entscheiden dann, welche in die Präsentation kommen", schlug Bianca vor und klappte ihren goldenen Laptop auf.

Wir knusperten Gurkenscheiben und Radieschen, während wir die Fotos anschauten.

Toni stand von meinem Bett auf und öffnete meinen Nachttisch (ganz schön dreist, ohne zu fragen!).

„Du hast weder Chips, noch Popcorn, noch Schokolade? Was ist da los?", sagte sie erschrocken.

„Meine Mutter hat eine Razzia gemacht, weil sie glaubt, dass alles Ungesunde meinen Fuß nie wieder heilen lässt. Wenn es nach ihr ginge, müsste ich den ganzen Tag Knochenbrühe trinken. Sie hat sogar eine neue Teemischung hergestellt. Die Harzer Knochenhexe", seufzte ich.

„Oh das klingt toll, da kaufe ich nachher gleich ein Paket von", schwärmte Bianca.

Ich schaute sie böse an.

„Ihr habt Fotos von mir gemacht, wie ich in der stabilen Seitenlage und mit Wildrosenblüten auf dem Boden liege? Toll", meckerte ich, nachdem ich fassungslos die Fotos gesehen hatte.

„Naja, wir wussten ja nicht, ob du es überlebst", murmelte unsere Lieblingshexe.

„Du wusstest das nicht", verbesserte Toni sie. Mich dort auf dem Boden zusammengekauert zu sehen, bereitete mir Unbehagen.

Sofort setzte wieder ein stechender Schmerz in meinem Fuß ein.

Ich bat Bianca und Toni, mir chronologisch den ganzen Unfall zu erzählen. Ich musste die Dinge für mich einordnen.

„Nachdem dich dann die heißen Sanitäter geholt hatten, haha, erinnerst du dich noch daran, dass du den einen nach seiner Nummer gefragt hast?" Bianca lachte herzhaft.

Ich schüttelte den Kopf.

Wie peinlich!

„Er hat geantwortet, seine Nummer ist die 112!"

Toni und Bianca kringelten sich vor Lachen.

Ich versank in meiner Peinlichkeit.

„Wir haben dann die Reiterhofbesitzer angerufen, und haben die Ponys ein Stück abseits der Unfallstelle verladen. Nach dem ganzen Schock wollten wir nicht mehr zurückreiten", erzählte Toni.

„An den Rest der Geschichte kannst du dich sicher noch erinnern", ergänzte sie.

„An die Teufelin im Krankenhaus kann sie sich bestimmt erinnern", lachte Bianca.

„Ja, kann ich. Auch wenn ich es immer noch nicht verstehe. Ich meine, sie geht joggen, war ja klar, dass so ein Mädchen wie sie so sportlich ist."

Ich rollte mit den Augen.

„Der Weg zum Schloss ist total steil, wer kommt auf die Idee, da zu joggen?"

Bianca und Toni nickten verständnisvoll.

„Dann findet sie jedenfalls in ihren Schickie-Mickie-Klamotten und in ihrem Astralkörper den Brief. Öffnet ihn, erkennt, dass es sich um *ihren* Luis handelt und gibt ihm den Brief, obwohl sie auf ihn steht. Das ergibt keinen Sinn."

„Es kommt drauf an, was genau in dem Brief stand, oder?", warf Bianca ein.

„Das blöde ist, dass ich das nicht mehr so genau weiß. Ich habe den Brief in so großer Wut und Trauer ganz schnell runtergeschrieben."

„Die Frage ist doch eigentlich, ob du Luis zurückhaben willst?", wollte Toni wissen.

„Nein, natürlich nicht", stammelte ich.

„Das kannst du deiner Großmutter erzählen. Du bist immer noch verknallt!", lachte Bianca.

„Wieso hat Rosi dann gesagt, dass Luis komisch ist, seitdem er den Brief gelesen hat?", überlegte ich laut.

„Ruf ihn doch an oder schreib ihm, um das herauszufinden", sagte Toni trocken.

„Auf gar keinen Fall. Einen zweiten Korb hole ich mir bestimmt nicht von ihm. Da rufe ich lieber den heißen Sanitäter an!"

Eine ganze Weile arbeiteten wir konzentriert an unserem Referat.

Bianca erzählte, dass sie die Zeichen von Grete immer noch nicht genau deuten konnte. Zu viele verschiedene Energien, die da auf sie einprasselten, betonte sie. Toni beendete den Hokuspokus und begann, meinen Gips mit kleinen Ponys zu verschönern, die Strichmännchen auf die Füße traten.

Dann schrieb sie in großen Buchstaben „AUA" dazu.

Bianca kritzelte kleine Hexen mit Herzchen auf meinen Fuß.

KAPITEL SIEBZEHN

Meine tiefsten Hoffnungen, den Geschichtsvortrag nicht halten zu müssen, wurden zerschlagen.

Herr Fuchs wartete geduldig bis zum ersten Tag, an dem ich wieder durch die Schule humpeln musste.

Meine Klassenkameraden wollten sofort wissen, was mit meinem Fuß passiert war, und Bianca erzählte die Story hochspannend.

Dabei schmückte sie die Geschichte hier und da malerisch aus und übertrieb unterm Strich enorm.

„Den Rest erfahrt ihr gleich bei unserem Vortrag", machte sie Werbung.

Als ob unsere Klassenkameraden eine andere Wahl hätten.

Toni bereitete unsere PowerPoint-Präsentation vor, während Bianca Handouts mit kleinen Comic-Hexen verteilte.

Ich durfte mich während des Vortrags auf einen Stuhl setzen und mein Bein hochlegen.

„Hexenverbrennung, ein populäres und zutiefst missverstandenes Thema", leitete Bianca theatralisch ein.

Toni rasselte einige Fakten herunter, ich erklärte ein paar Definitionen und unsere Lieblingshexe berichtete von Grete, ihrem Stammbaum und unserem Wanderritt.

Zu meiner Erleichterung blieb sie professionell und erzählte weder vom Gläserrücken, noch von meinen Baggerversuchen bei den Sanitätern.

Am Ende des Vortrags verbeugte sich Bianca, Toni nickte kurz und ich lächelte angestrengt.

Ich hatte keine Ahnung, ob der Vortrag eine gute Leistung oder eine komödiantische Fehlleistung gewesen war.

„Das lange Warten hat sich gelohnt, würde ich sagen", meinte Herr Fuchs und klatschte in die Hände.

„Mich rief gestern Abend ein befreundeter Archivar an. Er hat mir noch ein Dokument über Grete Wroist gefaxt."

Toni kicherte.

„Wer hat denn heutzutage noch ein Faxgerät?"

„Ich muss schon sehr bitten", ermahnte der Fuchs sie streng.

„Was steht in diesem Dokument?"

Bianca versuchte die Situation durch ihren Charme zu retten.

„Dort steht niedergeschrieben, dass Grete als Hexe verdächtigt wurde, weil sie Kräutermixturen anmischte. Allerdings wollte sie damit nur ihren todkranken Mann heilen. Sehr tragisch, sehr tragisch."

Herr Fuchs schaute betrübt.

„Ich wusste es! Deswegen hat sie uns beim Gläserrücken das Wort *Amare* und die Wildrosenblüten geschickt! Sie ist aus Liebe gestorben!"

Bianca strahlte.

Die Klasse schaute sie verstört an. Auch Herr Fuchs konnte ihre Worte nicht einordnen.

„Bianca erzählt von einem Computerspiel, das wir letztens ausprobiert haben", meinte Toni hektisch.

„Die Damen erhalten jedenfalls ein *Tadellos* für ihren Vortrag", sagte Herr Fuchs trocken und trug die Noten mit Bleistift in seinen Lehrerkalender ein.

„Die Recherchen hatten Hand und Fuß, naja, weniger Fuß", ergänzte er und schaute mitleidig auf meinen Gips.

„Was ist tadellos für eine Note?", flüsterte Toni.

„Eine eins, hoffe ich", flüsterte ich zurück.

In der nächsten Pause platzte alles aus Bianca heraus.

„Sie ist aus Liebe gestorben, für die Liebe. Sie wollte nur ihren geliebten Ehemann retten, und musste deswegen sterben. Aber vermutlich hat sie es gerne getan, für die Liebe. Und dann hat sie Jules diesen Baumstamm geschickt, weil sie durch den Unfall wieder zu Luis finden wird. Ich meine, was für ein *Zufall*, dass Rosi den Brief findet und genau in diesem Moment die Schicht im Krankenhaus hat, als Jules eingeliefert wurde? Zufall? HA HA", machte Bianca.

„Puuuh."

Toni biss entschlossen in ihren Apfel.

„Natürlich ist das alles Zufall und hat nichts miteinander zu tun", ergänzte sie.

Meine Gedanken kreisten. Sollte Bianca recht haben? War alles vorbestimmt und ich hatte diesen blöden gebrochenen Fuß bekommen, um Luis zurückzubekommen? Eine wilde Theorie, die mir ziemliche Liebesbauchschmerzen bescherte.

Im Kunstunterricht debattierten wir weiter über die Liebe, Vorhersehung und Schicksal.

Toni vertrat weiterhin die Theorie, dass sich alles aus Zufall zusammensetzte. Bianca war fest davon überzeugt, dass es so etwas wie Schicksal und Berufung wirklich gab, und dass sie das Erbe der verstorbenen Hexe weiterführen musste, was auch immer das bedeutete.

Ich war irgendwie dazwischen.

Ein Teil von mir wünschte sich nichts sehnlicher, als dass das Universum mich und Luis wieder zusammenführte. Und ein anderer Teil von mir lachte über diese naive Vorstellung.

„Ich jedenfalls weiß jetzt, dass ich mich nicht nur magisch fühle, sondern dass ich aus einer Hexenfamilie abstamme", schwärmte Bianca und begann, mit einem Bleistift Skizzen anzufertigen.

Wir sollten heute einen Linoleumschnitt anfertigen, mit freier Motivwahl.

Nach einer groben Skizze würden wir mit verschiedenen Werkzeugen Kerben und Furchen in das weiche Material ziehen, sodass später eine Schablone für einen Schwarz-Weiß-Druck entstehen würde.

Ich legte meinen schmerzenden Fuß auf einem weiteren Stuhl ab und genoss es, dass Bianca und Toni mir jedes erwünschte Material brachten.

„Genau genommen stammst du über acht Ecken von einer Frau ab, die für ihren Mann einen Kräutersud gekocht hat", sagte Toni trocken und begutachtete die spitzen Metallwerkzeuge.

Dann testete sie die Schärfe an ihrem Daumen und fluchte.

„Au", machte sie.

„Ich dachte, in der Schule geben sie einem keine scharfen Gegenstände."

Ich reichte ihr ein Taschentuch, damit sie ihren blutenden Daumen umwickeln konnte.

„Wenn du jetzt an einer Blutvergiftung stirbst, ist das dann Zufall?", fragte unsere Lieblingshexe schnippisch.

„Nee, nur Pech."

Bianca schaute Toni genervt an.

„Ich hätte deine Schmerzen mit Arnica lindern können, aber meine Globuli liegen ja jetzt in irgendeinem Busch", ergänzte sie.

„Ich weiß nicht, was ich zeichnen soll", jammerte ich und hoffte, den Streit damit zu unterbrechen.

Manchmal fragte ich mich, ob Bianca und Toni ohne mich überhaupt befreundet wären.

„Vielleicht kann eine Tarotkarte dich inspirieren", schlug Bianca vor.

Das Spiel mit den Tarotkarten hatten wir lange nicht, überlegte ich.

Schaden konnte es ja nicht, oder? Ich nickte und zog eine Karte vom Stapel, den Bianca prompt aus ihrer Schultasche kramte.

„Der Teufel!"

Bianca grinste.

„Nicht das Thema schon wieder", sagte Toni mürrisch.

Draußen peitschte der Herbstwind gegen die Fenster und einige Laubblätter flogen umher.

Wieso schon wieder der Teufel? Sofort musste ich an Rosi Rosenberg denken.

„Irgendwie wirst du den Teufel gerade nicht los. Schaden kann er aber nur demjenigen, der sich an ihn bindet", erklärte Bianca.

Ich betrachtete die Karte, auf der ein gehörnter Teufel saß, mit einer brennenden Fackel in der Hand.

Unter ihm waren zwei Menschen angekettet, die wie Adam und Eva aussahen. Allerdings trugen auch sie Hörner.

„Ihr habt alle ein Motiv gefunden?"
Die Kunstlehrerin unterbrach unsere Magiestunde. Wir nickten eifrig und taten so, als ob wir zeichneten.

„Ich sehe das so: Deine Eifersucht kettet die Liebe zwischen dir und Luis an den Teufel, oder naja, die Teufelin. Wenn du die Eifersucht endlich ablegen kannst, dann seid ihr nicht mehr angekettet und eure Liebe fließt wieder."

Bianca schob die Tarotkarte über den Tisch, sodass ich sie abzeichnen konnte. Sollten die Dinge wirklich so einfach sein?

Kurz vor Schulschluss begann es zu regnen. Ich stülpte mir eine Mülltüte über meinen Gips, damit er nicht aufweichte.

Nach einer quälend langen Stunde Geographie humpelte ich zum Schultor, damit meine Mutter mich abholen konnte.

Bianca und Toni hatten sich schon längst aus dem Staub gemacht, ich stand mutterseelenallein und im strömenden Regen vor dem Tor.

Genervt starrte ich in den Regen. Meine Mutter schien sich zu verspäten.

Ich bemerkte erst spät, dass ein Junge mit einem großen Regenschirm auf mich zulief.

„Jules", hörte ich.

Erschrocken drehte ich mich um.

Es war Luis.

Er trug eine schwarze Regenjacke und durchgeweichte Lederstiefel.

Ich sagte kein Wort, sondern starrte ihn nur an.

„Rosi hat mir erzählt, was mit deinem Fuß passiert ist."

Ich zuckte mit den Schultern.

Rosi also mal wieder! War ja klar.

„Tut mir leid."

Mein Herz pochte wie wild und ich bekam noch weichere Knie, als ohnehin schon mit gebrochenem Fuß.

Auf ein Treffen mit Luis war ich überhaupt nicht vorbereitet.

Ich sah aus wie ein begossener Pudel.

Meine Haare waren trotz Kapuze klitschnass und kräuselten sich.

Und an meinem Fuß trug ich eine verdammte Mülltüte! Nicht gerade ein Mode-Accessoire.

„Ich brauche kein Mitleid", antwortete ich trocken.

„Tut mir leid."

Warum wiederholte er sich ständig?

Ich beobachtete, wie er nervös mit seinen Fingern spielte. Ich starrte wieder in den Regen und schwieg.

Wollte er mich weiter demütigen?

Schluss machen, nachdem er quasi Schluss gemacht hatte?

Vielleicht sollte ich jetzt Schluss machen, damit ich es beenden würde.

So behielt ich zumindest meinen Stolz.

„Das ist alles echt blöd gelaufen, oder?"

Ich zuckte mit den Schultern. Wieso kam meine Mutter nicht? So hätte ich wenigstens einen guten Grund, wegzulaufen.

Naja, zu wegzuhumpeln. Aber mit Stil!

„Ich habe den Brief von dir gelesen."

Aha, das wussten wir ja schon, du Blödmann! Ich zuckte weiter mit den Schultern, was durch meine Krücken langsam wehtat.

„Ich verstehe auch, dass du mit der Sache abschließen willst. Also, mit uns. Ich verstehe, dass das ein Abschiedsbrief ist."

Moment Mal. Abschiedsbrief?

Wie ein Blitz fiel mir wieder ein, dass ich meinen Brief sehr drastisch formuliert hatte.

Mit dem letzten Satz hatte ich wohl nochmal zur Sicherheit Schluss gemacht, falls er das mit seinem Abgang nicht getan hatte.

Für meine Würde. Und meinen Stolz.

In dem Moment fuhr meine Mutter mit quietschenden Reifen vor. Ohne ein Wort zu sagen, humpelte ich zum Auto und fuhr mit ihr davon.

Ich drehte mich nochmal um und sah Luis, der nun auch wie ein begossener Pudel dastand.

„War das nicht Luis?", wollte meine Mutter wissen und reichte mir ein Taschentuch, was in Anbetracht meiner starken Durchnässung überhaupt nichts brachte.

„Nee, wir haben einen neuen Mitschüler, der ihm sehr ähnlichsieht, der heißt, äh, Luigi", log ich.

„Und Super Mario ist euer neuer Lehrer?"

Zuhause angekommen, schnappte ich mir ein Handtuch und startete dann einen Videoanruf mit Bianca und Toni.

Unsere Lieblingshexe saß in ihrem Zimmer, hatte eine Heilerde Maske auf dem Gesicht „um sich zu erden" und Toni schuftete im Ponystall, sodass von ihr nur ab und zu ein wackeliges Bild von Stiefels Box zu sehen war.

Im Schnelldurchlauf erzählte ich ihnen alles von der Begegnung mit Luis.

„Wieso hast du denn auch einen Abschiedsbrief geschrieben?", wollte Bianca wissen.

„Keine Ahnung, ich wollte damit abschließen, und hatte ja auch nicht vorgehabt, ihm den Brief zu senden", erklärte ich mich.

„Ich werde aber nicht schlau aus der Begegnung mit ihm. Wollte er einfach nochmal den Brief bestätigen? Ist er nur zufällig vorbeigekommen? Geht er gerne im Regen spazieren?", ergänzte ich.

„Er hatte doch einen Regenschirm dabei", trug Toni bei.

„Der Regenschirm tut doch nichts zur Sache. Fakt ist, er wollte irgendwas. Zufall war das sowieso nicht."

Da war sie wieder, die Zufall- oder- nicht-Diskussion zwischen Bianca und Toni.

„Was soll ich denn jetzt machen? Ich habe kein richtiges Wort herausbekommen. Es war furchtbar", jammerte ich und packte meinen Gips vorsichtig aus der Mülltüte aus.

„Rede halt nochmal mit ihm", meinte Toni.

„Oder, du spiegelst das Universum, indem du ihm noch einen Brief schreibst. Das ist klug!"

Bianca grinste in die Kamera. Tonis Verbindung brach ab, und unsere Lieblingshexe musste dringend ihre erdende Maske abspülen.

Ich setzte mich an meinen Schreibtisch und kramte einen alten Bogen Briefpapier aus der Schublade. Da waren Ponys drauf, peinlich!

Mit einer Bastelschere schnitt ich die Ponys (etwas schief) aus dem Papier und zückte meinen Füller.

Ich setzte an, stockte dann aber.

Der Füller tropfte aufs Blatt und hinterließ einen See aus blauer Tinte.

Mist.

Was, wenn ich hier einen Liebesbrief schrieb, und mich damit noch viel lächerlicher machte?

Was, wenn Luis wirklich nur sein Mitleid mit dem Fuß äußern wollte, weil er zufällig vorbeikam? Wollte ich überhaupt wieder mit ihm zusammen sein?

Dutzende Versuche mit angefangenen Liebesbriefen landeten im Papierkorb.

Zwischendrin ging mir die Tinte aus, sodass ich mit Bleistift weiterschreiben musste.

Schließlich entschied ich mich final für die pragmatischste Lösung. Und die Sicherste.

„Wenn du mit mir reden möchtest, triff mich am Samstag um 13 Uhr im Lustgarten an der Orangerie", kritzelte ich auf die Rückseite eines Notizzettels, mein Briefpapier war längst aus.

Dann packte ich den Zettel in einem Umschlag. Mit etwas Glück würde er Luis noch rechtzeitig erreichen. Wenn das Universum es so wollte!

Ein Teil von mir lachte darüber, dass ich wirklich hoffte, Luis würde mich zurückhaben wollen.

Der andere Teil tagträumte sich permanent in Luis' Arme.

KAPITEL ACHTZEHN

Nur zur Sicherheit warf ich mich am Samstag in Schale, zog meine Lieblingsohrringe und eine Bluse an.

Den Gips verpackte ich diesmal nicht in eine Mülltüte, sondern in eine Glitzersocke, die sich dabei verdächtig dehnte.

Hoffentlich würde sie nicht aufreißen!

Als ich kurz vor 13 Uhr zu meiner Zimmertür humpelte, fiel mir brandheiß ein, dass das alles gar keine gute Idee war.

Wie sollte ich zum Lustgarten kommen?

Auf den Krücken wäre ich vor Sonntagabend nicht da, außerdem würde mir diese Variante den Muskelkater meines Lebens bescheren.

Ich googelte kurz, ob man mit einem Gips Fahrrad fahren konnte, entschied mich dann aber dagegen.

Der blöde Fuß tat gerade mal seit einem Tag nicht mehr weh, das konnte ich nicht riskieren.

Ich chattete mit Bianca und Toni, um ihre Transportideen einzuholen.

Aber mehr als die Idee, einbeinig Skateboard zu fahren oder einen Crashkurs im Einradfahren zu belegen (wie sollte das funktionieren, wenn ich schon nicht Fahrrad fahren konnte?) bekam ich nicht.

Ich schaute auf die Uhr und seufzte.

Gleich würde Luis an der Orangerie stehen und wütend wieder nach Hause gehen!

Falls er überhaupt dort stehen würde…

Eine schweißtreibende Minute später (es war schon 12:56 Uhr) zog ich alle Register.

Ich humpelte in unseren Laden und bat meine Mutter, mich zu fahren.

„Ich würde dich ja nicht bitten, wenn es nicht ein absoluter Notfall wäre. Ich muss Luigi die Hausaufgaben bringen, er hat es schon schwer genug, als neuer Schüler", log ich.

Meine Mutter schaute von der Kasse hoch und runzelte die Stirn (einfach ohne die Augenbrauen zu bewegen, Respekt!).

„Naja, er fliegt gleich zu seiner Familie, nach, äh, Italien zurück, und um 13 Uhr geht der Flug, den verpasst er sonst, und äh, er wartet an der Orangerie am Lustgarten."

Mit einem lauten Knall schob meine Mutter das Münzfach der Kasse zu.

„Seit wann ist am Lustgarten ein Flughafen? Direktflug zum Schloss Wernigerode, statt der Bimmelbahn? Für die besonders ungeduldigen Touristen?"

Mist.

Sie kaufte mir die Lüge nicht ab.

Ich musste die Strategie ändern.

„Aua, mein Fuß", stöhnte ich theatralisch.

„Du sollst dich auch schonen."

„Ich bringe Luis äh Luigi die Hausaufgaben mit dem Fahrrad, ich fühle mich fit."

Dann humpelte ich Richtung Ausgangstür, stöhnte noch ein bisschen und zog meinen Fahrradhelm auf.

Was sollte ich noch tun?

„Ist ja gut, ich fahre dich", seufzte meine Mutter.

Es war genau 13:07 Uhr, als ich humpelnd an der Orangerie ankam.

Wenn Luis also um 13:06 Uhr und 59 Sekunden gegangen war, würde ich nie erfahren, ob er mit mir reden wollte.

Ich setzte mich auf eine Bank und streckte den Fuß aus.

Was für eine Anstrengung!

Um genau 13:09 Uhr und 14 Sekunden tauchte ein gut bekleideter Luis hinter der Bank auf und lächelte schüchtern.

„Hi", machte er.

Mein Herz pochte wie verrückt. Er war wirklich gekommen! Er wollte also reden!

„Hi", stotterte ich verlegen.

„Ich glaube, ich sollte dir deinen Zettel besser zurückgeben", sagte er.

Was sollte das denn? Wollte er so wenig von mir, dass er nicht mal einen Notizzettel ertragen konnte?

Wollte er mir auch noch ein Haar zurückgeben, falls ich das in seinem Zimmer verloren hatte?

Oder die Sandkörner von meinen Schuhen?

„Auf der Rückseite steht ein Passwort für deine Emailadresse, glaube ich."

Oh Mist. Nein, nein, nein.

Nicht dieses Passwort.

Bitte lass es ihn nicht gelesen haben.

So ein Doppelmist. Dreifachmist. Unendlichmist.

Ich nickte und nahm ihm den Zettel aus der Hand.

„Äh ja also, danke, aber das ist nicht wirklich mein Passwort, oder so", stotterte ich.

„Das ist gut. *IchliebeLuis111* ist auch nicht wirklich sicher", grinste er.

„Haha, ja, das ist eine ganz witzige Geschichte. Damit ist ein anderer Luis gemeint. Mein, also, mein Ha Ha Hamster, genau, mein Hamster, mein erster Hamster, der hieß Luis. Und natürlich habe ich den geliebt. Die 111 steht für die 111 Tage, die er nur alt geworden ist. Der arme, arme Luis."

Da war sie wieder.

Die gute alte Mond-Augenbraue!

Innerlich grinste ich, was hatte ich diese Augenbraue vermisst.

„Ist das Passwort denn noch gültig?"

Er schaute mich an.

Seine edelsteingrünen Augen funkelten in der schwachen Herbstsonne.

„Für meinen E-Mail-Account? Ja, ich denke schon."

„Eher so, für mich."

Ich schluckte.

„Ich, ich denke schon."

Dann lächelte er, und legte eine Hand auf meine Schulter.

Passierte das gerade wirklich?

Ich fühlte mich wie auf Wolke sieben.

Träumte ich?

„Ist alles okay, du bist so still?", fragte er.

„Nee, nee, alles gut. Ich dachte nur, dass du nichts mehr von mir wissen willst, nach dem Vorfall mit der Bowle, und ich meine, also, ich würde einsehen, dass ich ein bisschen überreagiert habe. Allerdings war das nicht komplett abwegig, dass mit dem Gift und so", platzte es aus mir heraus.

„Ich war ziemlich sauer und auch enttäuscht, nach dem ganzen Theater auf der Halloweenfeier. Und vor allem wegen deiner Eifersucht."

„Aber Rosi-"

Er unterbrach mich.

„Nein, ich möchte nichts mehr über Rosi hören. Sie hat mir den Brief nicht ohne Grund gegeben. Rosi hat mir ihre Gefühle gestanden und ich habe ihr gesagt, dass es für mich nur freundschaftlich ist."

„Aus Freundschaft kann ja auch Liebe entstehen", entgegnete ich und hätte mir danach einen Stein auf meinen gebrochenen Fuß kloppen können, so sehr ärgerte ich mich über meinen schnippischen Kommentar.

Luis schwieg eine Weile und nahm seine Hand von meiner Schulter.

Mist.

„Ohne Vertrauen geht das einfach nicht", sagte er trocken.

„Was geht nicht?"

„Unsere Beziehung."

Mein Herz pochte. Ich hatte das Gefühl, es würde mir gleich aus der Brust springen.

„So eine richtige Beziehung?"

„Wenn du willst. Und wenn du mir vertraust." Ich nickte überschwänglich. Dann umarmte ich ihn.

„Ich habe dich vermisst", murmelte ich leise.

„Ich dich auch", flüsterte er und küsste mich auf die Stirn.

KAPITEL NEUNZEHN

Am Sonntag luden mich Bianca und Toni zu einer Feier ein.

Ich wusste zwar nicht, was wir feiern würden, humpelte aber trotzdem über die Straße zu Biancas Wohnung.

Auf dem Küchentisch hatte unsere Lieblingshexe eine herbstliche Festtafel hergerichtet.

Sie hatte goldenes Geschirr aufgedeckt und in der Mitte des Tisches waren bunte Laubblätter als Deko verstreut.

„Für den Hauptgang ist Toni verantwortlich", schwärmte sie.

„Ich habe nur die Croutons gemacht."

Toni holte einen großen Topf Kürbissuppe vom Herd und füllte uns die dampfende Flüssigkeit in unsere goldenen Teller.

Bianca verteilte kross angebratene Sterne und Hexen aus Toastbrot darauf.

„Was feiern wir denn?", wollte ich wissen und begann, die Suppe zu löffeln.

„Eigentlich musste nur der Gewinnerkürbis weg", sagte Toni trocken.

Bianca platzte aus allen Wolken.

„Du hast die Trophäe vom Kostümwettbewerb zerkocht?"

Auch ich verzog das Gesicht.

„Der Kürbis war doch Gold angesprüht, ist diese Farbe nicht giftig?", bemerkte ich panisch.

Toni brach in schallendes Gelächter aus.

„Keine Sorge. Der Kürbis, den ich für die Suppe verwendet habe, stammt aus unserem Garten", lachte sie.

„Aber eure Gesichter waren unbezahlbar!"

„Ich weiß was wir feiern, wir feiern die Liebe", sagte ich, nachdem der Schreck verdaut war. Bianca schaute mich misstrauisch an.

„Du meinst, deine Liebe zu Luis?"

Prompt wurde ich knallrot. Dann erzählte ich den beiden alles, jedes noch so kleinste Detail.

Ich wiederholte mehrfach alles, was Luis gesagt hatte.

„Und dann hat er dich auf die Stirn geküsst", sagte Toni.

„Oh, hatte ich das schon erwähnt?"

„Ungefähr tausendmal", lachte Bianca.

„Ich finde, wir haben mehr als die Liebe zu feiern. Immerhin haben wir einen grandiosen Vortrag gehalten. Und ich weiß endlich, dass ich eine echte Hexe bin", schwärmte Bianca.

„Mmhh", brummte Toni.

„Ihr wisst schon, dass das bedeutet, dass die Hexerei zukünftig nicht mehr nur ein Hobby für mich sein wird, oder?"

Unsere Lieblingshexe fasste sich an ihre Hexenkette.

Wie immer, wenn sie von etwas wirklich berührt war.

Wir verbrachten noch einen lustigen Nachmittag zusammen.

Bianca erzählte uns von ihren Hexenplänen, Toni meckerte über die schwere Stallarbeit und ich schwärmte ununterbrochen von Luis.

Am frühen Abend lag ich wieder in meinem Bett und erholte mich.

Ein Blick auf mein Handy verriet, dass Luis mir geschrieben hatte.

„Hast du Lust, den Abend bei mir zu verbringen? Ich hole dich ab", schrieb er und schickte ein Auto-Emoji dazu.

Ich antwortete mit einem Gif, bei dem ein Hund Auto fährt und tippte: „Ja, gerne."

Eine halbe Stunde später (ich hatte mich in Rekordzeit aus meinem Schlafanzug in halbwegs passable Klamotten geworfen, und das mit Gips!) humpelte ich mit Luis an der Seite durch das Hotel Hexenblick.

Nervös schaute ich mich an der Rezeption um.

„Rosi hat gekündigt", sagte Luis, als ob er meine Gedanken lesen konnte.

„Schade", log ich und humpelte weiter.

Nach einer halben Ewigkeit kamen wir in Luis kleiner Wohnung an.

„Kann ich mich auf dein Bett legen? Mein Fuß tut wieder weh", sagte ich außer Atem.

Luis half mir, mich auf sein Bett zu kuscheln und legte sich daneben.

Sofort spürte ich die Wärme seines Körpers, die auf mich abstrahlte.

Einen Moment lang hielt ich inne.

Und war dankbar, dass ich hier liegen durfte. Neben Luis, dem Jungen, den ich wirklich liebte.

„Die Sterne sehen unglaublich romantisch aus", säuselte ich verliebt und schaute aus seinem Dachfenster.

Er nahm meine Hand.

„Ich habe noch was für dich."

Aus seiner Nachttischschublade holte er ein weißes Gehirn aus Schokolade.

Genau so eines, wie ich es ihm bei meinem ersten Besuch in seiner Wohnung mitgebracht hatte.

„Wo hast du das denn noch herbekommen?", wollte ich wissen.

„Du hattest ja nicht so viel Süßkram in letzter Zeit."

„Woher weißt du das?"

„Rosi hat wohl die abfälligen Bemerkungen deiner Mutter aus dem Krankenhaus mitbekommen."

„Redest du mit Rosi eigentlich über alles?"

„Willst du jetzt das Gehirn, oder nicht?" Grummelig teilten wir uns die Schokolade.

Ich schaute in die Sterne und hielt inne.

„Danke für die Schoki", flüsterte ich dann.

„Gerne", sagt er und küsste mich.

Erst als ich einen Lachanfall bekam, hörte er auf mich zu küssen.

„Was ist so lustig?"

„Dein Kuss schmeckt nach blutigem Gehirn. Aber wenigstens ist das vegan."

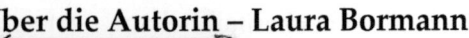

Über die Autorin – Laura Bormann

Hi!
Ich bin Laura, geboren 1995 in Berlin und mittlerweile seit fast 10 Jahren im Norden Deutschlands nahe der schönen Ostseeküste zuhause. Schon mit 11 Jahren setzte ich mich an den klobigen Computer meiner Eltern, um meinen ersten Roman zu verfassen.
Der Titel meines Werkes hieß: „Verrückte müssen Bücher schreiben". Nach vielen Jahren abseits des Schreibens fand ich wieder zurück zu meiner Passion, um sie gleich darauf mit einer weiteren Leidenschaft zu verbinden. Streng genommen sogar drei: Schreiben, der Harz und Pferde, das könnte mich in einem Satz beschreiben. Ich liebe den Harz und verbringe jedes Jahr viele Wochen dort, um fleißig Wanderstempel zu sammeln. Dabei gebe ich fast so viel damit an wie Jules, und bin gleichzeitig schrecklich schnell außer Atem. Die besten Wanderstempel liegen dicht an einem Parkplatz! Abseits vom Schreiben habe ich Agrarwissenschaften und Berufspädagogik studiert. Wenn ich meinem schrecklich erwachsenen Bürojob nachgehe, kann ich mich wunderbar in die Welt von Jules, Bianca und Toni träumen. Ich lade dich herzlich dazu ein, dich mit mir in die verzauberte Welt der Harzer Hexenclique zu träumen und mit ihnen gemeinsam witzige, peinliche und immer chaotische Geschichten zu erleben.

Kennst du schon?
BAND 1 der Harzer Hexenclique

„Lügen, Küsse und Harzer Spezialitäten"

„Seit der geheimnisvolle Junge mit den edelsteingrünen Augen im Harzer Feinkostladen ihrer Mutter aufgetaucht ist, schwebt Jules auf Wolke sieben. Um ihn zu beeindrucken, lügt sie bis sich die Balken des Fachwerkhauses biegen. Kann sie ihre Lüge, Harzer Wanderkaiserin zu sein, aufrechterhalten? Als auch noch die Hobbyhexe Bianca in das Haus gegenüber einzieht, und Jules Liebeszauber-Nachhilfe anbietet, geht alles drunter und drüber."

Die Harzer Hexenclique ist eine hexisch-freche Buchreihe für junge Mädchen ab 12 Jahren. Verzaubert, witzig und authentisch erzählt, dreht sich bei der Hexenclique alles um die erste große Liebe, Eifersucht, das anstrengende Schulleben und ums Erwachsenwerden. Natürlich nicht ohne die nötige Portion Magie vermischt mit Chaos.

Paperback
174 Seiten
ISBN-13: 9783757818524
ISBN-10: 3757818520
Verlag: Books on Demand

Kennst du schon?
BAND 2 der Harzer Hexenclique

„Chaos, Tarot und Brockenkuss"

Sommer, Sonne, Hexenchaos! Direkt nach den Sommerferien ist Jules schon wieder urlaubsreif. Der Klassenlehrer verkündet ein anstehendes Praktikum! Dabei würde sie viel lieber tagelang den Jungen mit den edelsteingrünen Augen anschmachten, der plötzlich im Harzer Spezialitäten Laden ihrer Mutter aufgetaucht ist. Das erste Date mit Luis geht schrecklich schief, obwohl die Hexenclique extra Liebeszauber-Muffins gebacken hat! Verzweifelt ruft Jules den Hexen-Notstand aus und lässt sich ihr Liebesglück durch die Tarotkarten der Hobbyhexe Bianca vorhersagen. Als Jules schließlich nur Absagen auf ihre Praktikumsbewerbungen erhält und Bianca spurlos verschwindet, ist das Chaos perfekt.

Paperback
202 Seiten
ISBN-13: 978-3758300257
ISBN-10: 3758300258
Verlag: Books on Demand

Genug gelesen?

Sag uns gerne deine Meinung!

Folge der Harzer Hexenclique auf Instagram für Updates, Hexrezepte und magische Gewinnspiele.

Sei dabei:

(QR-Code zum Instagram Profil der Harzer Hexenclique)

Ausgehext? Dann ist das was für dich:

„World Wide Wilma #Beste Freundin oder Follower?"

Wilma und ihre beste Freundin Leo sind gerade 16 Jahre alt, als sie beschließen, Internet-Stars zu werden. Zusammen drehen sie Videos über Modetrends und nehmen an Challenges teil. Alles, um immer mehr Klicks zu bekommen und um endlich berühmt zu werden! Doch was macht man, wenn die beste Freundin plötzlich zehnmal mehr Klicks auf ihren Videos hat als man selbst? Und was, wenn genau diese beste Freundin sich plötzlich im durchsichtigen Bikini vor aller Welt präsentiert? Komm mit World Wide Wilma in eine Welt, die von endlosem Scrolling auf Social Media, Klickzahlen und Lifestyle Trends bestimmt ist. Genau richtig für die Generation Internet, die ihr Smartphone nie aus der Hand legen möchte!

Paperback
160 Seiten
ISBN-13: 978-3757862060
ISBN-10: 3757862066
Verlag: Books on Demand